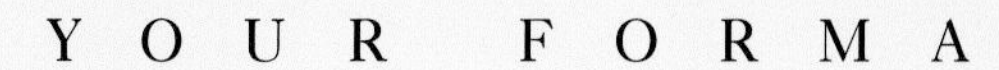

YOUR FORMA

Electronic Investigator Echika and her Amicus ex Machina

菊石まれほ

MAREHO KIKUISHI

［イラスト］――野崎つばた

Illustration
Tsubata Nozaki

ユア・フォルマ

電索官エチカと機械仕掛けの相棒

脳の縫い糸――〈ユア・フォルマ〉

脳の経験したこと全てを余さず記録する。

視覚、聴覚、そして感情でさえも――。

エチカ・ヒエダ

Echika Hieda

国際刑事警察機構（インターポール）
電子犯罪捜査局本部・電索課
電索官【ダイバー】

人並み外れた情報処理能力を持ち、世界最年少で電索官に着任した天才。能力の釣り合わない補助官の脳を焼き切っては、次々と病院送りにした結果、周囲から孤立している。幼少期のトラウマからロボット全般が大嫌い。

ハロルド・ルークラフト
Harold W. Lucraft
国際刑事警察機構（インターポール）
電子犯罪捜査局ペテルブルク支局・電索課
電索補助官【ビレイヤー】
金髪碧眼の超高性能ヒト型ロボット〈アミクス〉。
ロボットらしからぬふてぶてしさでエチカを苛だた
せるが、仕事には執着がある様子。一般的なアミ
クスと比べ物にならないスペックと、尋常ならざる
観察眼を持つその出自には謎が多い。

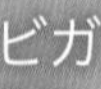

ビガ

Bigga

ノルウェーの「機械否定派（ラッダイト）」居住地域に暮らす、少数民族サーミの少女。エチカとハロルドが知覚犯罪事件を追う中で行き当たる重要参考人。実は優秀なバイオハッカーでもある。

スティーブ

Steven

ハロルドと瓜二つのアミクス。ハロルドと逆側の頬にほくろがある。巨大IT企業「リグシティ」の相談役秘書を務める。昔はハロルドと一緒に働いていたこともあるようだが、過去のことは語りたがらない。当然ハロルドと同じくハイスペックだが、こちらは極端にカタブツ。

PROFILE

YOUR FORMA

DATABASE

［データベース］

ユア・フォルマ

「脳の縫い糸」とも呼ばれる、スマートスレッド型デバイス。レーザー手術で脳に埋め込んで使用する。開発時の目的は神経治療などの医療行為だったが、現在は情報端末としての意味合いが大きい。世界的 IT 企業「リグシティ」が広告機能をつけたことで、一般市民にも安価で普及した。

電索

専用のコードで、対象者のユア・フォルマに接続し、機憶を閲覧する行為。犯罪捜査の分野で革新的成果を期待されているが、電索官の不足とプライバシーの問題から、現状は国際刑事警察機構（インターポール）が管轄するごく一部の重大事件にのみ捜査が適用されている。

アミクス

ヒト型ロボットの総称。「効率よく働く」産業ロボットに対して、「人間のようにみえる」ことを重んじて開発された。彼らを「友人」として扱うか「機械」として扱うかは、しばしば議論を巻き起こしているが、現在は「友人派」がやや優勢。一部の先進国では、彼らに基本的な人権を保障する動きもある。

機憶

ユア・フォルマの機能。装着者の視覚や聴覚、感情までをも記録する。特殊な訓練を受けた「電索官」が、対象者のユア・フォルマに接続、機憶の集合体にダイブすることによってのみ閲覧が可能。

電索官（ダイバー）／電索補助官（ビレイヤー）

ユア・フォルマとの親和性やストレス耐性など、適正のある人材のみに開かれた特殊職業。全員がインターポールに所属している。電索官は電索終了のタイミングをコントロールできないため、補助官を必要とする。補助官の脳には、電索官の情報処理能力に比例した負荷がかかる。

リグシティ

シリコンバレーに本社を置く、世界的IT企業。医療用スレッドデバイスの技術を応用して、脳侵襲型情報端末「ユア・フォルマ」を開発、広告機能を搭載することで一般市民への普及にも寄与した。相談役のテイラーは、希代のIT革命家でありながら、重度の人嫌いで知られ、メディアの前にその姿を現すことはない。

——本当はとっくの昔に、
何もかもをやめてしまったってよかった。
体の芯にまで「機械」のような生き方が染みついて。
こんな大人には、なりたくなかった。

YOUR FORMA

Electronic Investigator Echika and her Amicus ex Machina

CONTENTS

ユア・フォルマ
菊石まれほ
［イラスト］――野崎つばた
電索官エチカと機械仕掛けの相棒

即位記念式典、来年6月に
最新アミクス寄贈か

英国王室広報は4日、ウィンザー朝第四代マデレーン女王の即位60周年式典を、来年6月5日に開催すると正式発表した。ノワエ・ロボティクス社（ロンドン）は開催決定の報せを受け、女王にアミクス・ロボットを寄贈するプロジェクトが進行中であると明らかにした。寄贈されるアミクスは3体で、特別に開発が進められているRoyal Family（RF）モデル。従来のアミクスとは規格が異なり、独自の最新技術を駆使して改良された次世代型汎用人工知能とのこと。女王は報道各社の取材に対して、アミクスを心から歓迎する意を示し、「今、アミクスたちの名前を考えているところよ」と語った。（23面に関連記事）

『The Times, May 5th, 2014』一面記事

訃報

チカサト・ヒエダ氏（＝ユア・フォルマ開発チームのプログラマ）テクノロジー企業「リグシティ」（カリフォルニア州サンタクララ郡）の元社員で、侵襲型複合現実デバイス「ユア・フォルマ」の開発と普及に大きく貢献したチカサト・ヒエダ氏が、12日、スイスの自殺幇助機関「フェンスター」で死去。44歳。フェンスターは報道各社からの取材に対し、事実関係を認めた上で、「報道は故人のプライバシー侵害にあたる」と抗議している。「リグシティ」は本紙の取材に対し、「心からお悔やみ申し上げる。退職した社員の動向に関しては、コメントする立場にない」と回答した。葬儀は近親者のみで営まれる。喪主は長女のエチカ・ヒエダ氏。

『Los Angeles Times, June 16th, 2020』訃報欄

序章——吹雪

時々突風が吹き抜けるように、こんな大人にはなりたくなかった、と思うことがある。

「それで被害者は、病室の積雪は何センチだと言ってるんです？」

「動作抑制剤を投与する前は、大体五十センチくらいだと。ひどい吹雪らしいから、抑制剤が切れたら即座に低体温症を起こすだろうね」

パリ市内のブルビエガレ病院は、珍しく消毒剤の匂いがしなかった。入院病棟の廊下を歩きながら、エチカは前を行く二人の男に目を向ける——白衣をまとった医師と、エチカの同僚のベンノ・クレーマンだ。ベンノは二十六歳で、ドイツ人らしく角張った顔立ちと身綺麗な亜麻色の短髪が、神経質そうな印象を与える。彼と仕事上のパートナーになって二週間が過ぎたが、ベンノについてエチカが知っているのは、二歳年下の恋人がいるということだけだった。

ベンノが言う。「——で、我々が感染者のユア・フォルマに接続して、ウイルスの感染経路を割り出します」

「知ってるよ、電索だろう。ユア・フォルマに記録された行動履歴や機憶を遡って、どこでどう感染したのかを探る……だが、吹雪の幻覚を見せる自己増殖ウイルスなんて初めてだよ」

「ワシントンDCの医師も同じことを言ったそうです。『間違いなく新種のウイルスだ』と」

「ワシントンが皮切りだったね。うちは二例目で幸運だ、前例のお陰で適切に対応できる」

窓の外には、セーヌ川が悠然と流れている。水面は真冬の冷たい陽射しに煌めき、うんざりするほど穏やかだった。

「しかし」医師があくびを噛み殺す。「おたくらほどではないが、私もろくに休めなくてね。是非早急に解決してもらいたい」

「夜の間くらいは、機械仕掛けの友人に仕事を任せてはどうです？」

「もちろん任せられるところは任せているさ、しかしあまり酷使するのも可哀想だろう」

「可哀想？　あれはただの機械ですよ、使えるものは使わないと損です」

「ああなるほど、君は『機械派』か。私は『友人派』でね、どうにも情が移るんだ」

ベンノは気まずそうに肩を竦めると、医師から離れて、エチカのほうへとやってくる。彼の表情からして、お決まりの忠告が始まるのはすぐに分かった。

「いいかヒエダ、潜るのは表層機憶までだ。感染経路を割り出して、犯人の手がかりを探せ」

思った通りだ。

「お言葉だけど」エチカは淡々と、「本来わたしのような電索官を制御して引き揚げるのは、補助官であるきみの仕事だ。つまりどこまで潜るかを決めるのは、わたしじゃなくてきみだよ」

「お前を引き揚げたくても、こっちまで引きずり込んで沈めようとするから言ってるんだろ。もう三回も、俺の頭に負荷をかけて神経を焼き切ろうとした。人殺しになりたいか？」

「病院送りにしたことはあるけど、殺したことはない」

「誰も長続きしないわけだ」唾でも吐かれそうだった。「いいか天才娘、俺らが別件で捜査に出ている間、同僚たちが死ぬ気で電索して感染源を割り出したんだ。成果を出せ」

「いつだって成果は上げてる」

「言い方が悪かった、パートナーをぶち壊さずに成果を出せ。いいな」

ベンノは一方的に言い捨て、医師のほうへと戻っていく。エチカは鼻から息を洩らした。自分はすがすがしいほど、彼に嫌われている。かといってこちらも、好かれる努力をしていない。つまりベンノとの仲は悪化する一方だが、構わなかった。

残念だが彼の言う通り、どうせ長くは続かない関係なのだ。

案内された病室は、贅沢にも個室だった。無味乾燥なベッドで、フランス人の青年がぐっすりと眠っている――彼こそが、今回パリで拡散したウイルスの感染源だ。

室内にはエチカたちの他に、一人の看護アミクスが待機していた。三十代の女性を模した外見（モデリング）で、嫌味無く整った顔立ちをしている。よく見かける量産型だ。

「お疲れ様です」アミクスは人当たりのいい微笑みを浮かべ、「十二分前に鎮静剤を投与しました、状態は安定しています。電索の同意書にもサインをいただきました」

「初めまして、オジェさん」ベンノが、寝ている青年にＩＤカードを見せる。

「国際刑事警察機構（インターポール）電子犯罪捜査局のベンノ・クレーマン電索補助官と、エチカ・ヒエダ電索官です。国際刑事訴訟法第十五条に基づき、あなたのユア・フォルマへの接続権限を行使します」

医師が失笑した。「熟睡中だ、意味があるのかね？」

「慣例なんです、やっておかないとたまに苦情がくる」

「始めよう、ベンノ。繋（つな）いで」

エチカはコートの内ポケットから、〈命綱（アンビリカルコード）〉を取り出す。糸に酷似したそれは、両端にコネクタがぶら下がったケーブルだ。エチカとベンノは、それぞれのコネクタを自らのうなじへ——皮膚に埋め込まれた接続ポートへと挿し込んだ。

「次、探索コード」

エチカが言うと、ベンノが青年のうなじに〈探索コード〉を接続し、コネクタを投げて寄越す。こちらは〈命綱〉よりもやや太めのデザインだ。エチカは受け取った〈探索コード〉のコネクタを、自身の二つ目のポートに繋（つな）ぐ——安直な言い回しだが、これはトライアングル接続と呼ばれている。電索で頭の中を調べるために必要な、基本的な形態だ。

「ヒエダ、対ウイルス感染者用の防護繭（コクーン）は？」

「問題なし。正常に動作してる」

「ならさっさと行け」

エチカは顎を引く——次の瞬間にはもう、感染源の頭の中へと落下している。

リュクサンブール公園の冬枯れした木々が、目に飛び込んできた。ベーカリーで買ったパン・オ・ショコラを頬張ると、ふんわりと心がほどけるような幸せに包まれる——感染源の名はトマ・オジェ、理工系のエリート養成教育機関（グランゼコール）に通う学生だ。表層機憶——過去一ヶ月間の出来事が記録されている——によれば、この公園で朝食を済ませるのが彼のルーティンらしい。

食事を終えると、フランス車のシェアカーに乗り込む。何だか、心がわくわくと逸（はや）っている。これから一日、研究に没頭できるのが楽しみなようだ。車窓を飛び去る街並みは、Bluetooth搭載の最新スニーカーや改良型スリープイヤホン、炭素繊維スポーツウェアなど最先端ガジェットの広告で溢（あふ）れている。どれも、きらきらと輝いていた。オジェにとっては興味の持てる商品ばかりなのだろう——流れ込む彼自身の感情を受け流しながら、エチカは落ちていく。

機憶の閲覧と並行して、オジェがネットワーク上に残した足跡を辿（たど）る——ECサイトの購入履歴から、動画サイトの視聴履歴まで。彼のSNSに行き、基本的な登録情報をこじ開けて網羅。数億件にのぼる投稿を処理する。エンジニア志望とあってテクノロジー分野への関心が強く、万聖節（トウッサン）の長期休暇ではアメリカを訪問し、『リグシティ』や『クリア・ソリューション』の企業見学ツアーに参加している。が、ウイルスに関する手がかりは見えてこない。メッセージボックスも家族や友人とのやりとりがメインで、広告すら極めて健全だった。

なるほど、とエチカは思う。ワシントンでの捜査を担当した電索官から、聞いた通りだ。

感染源に潜っても、犯人の痕跡どころか、感染経路すら判然としない。

表層機憶を電索し終えたが、ベンノはまだ引き揚げてくれない。互いの処理速度が開きすぎて、モニタリングが追いついていないのだ。エチカは加速しながら落ち続ける。まずいな。表層機憶を突き抜けて、更に深い中層機憶へと――ぶつっと、うなじに痺れが走った。

「クレーマン補助官！」

叫び声が聞こえて、顔を上げる。途端に視界が塗り変わり、病室が降ってくる――コードが外れ、ベンノが膝から崩れ落ちたところだった。医師が慌てて駆け寄るが、彼は意識を失っていて、ぴくりとも動かない。アミクスが、切迫した顔で病室を飛び出していく。

ああ、またか。

エチカは大した驚きもなく、ただ突っ立っていた。ベンノもそろそろ限界だとは思っていたが、案の定だ――じくりと胸が疼くが、気付かないふりをする。

電索官と補助官の処理能力が釣り合わないと、こうした故障が起こる。彼と自分の能力は最初から対等ではない。それなのに無理な運用を続ければ、何れガタがくるのは必然だ。

エチカにとって、パートナーの故障はいつものことだった。

まもなく数人の看護アミクスらがストレッチャーを引きずってきて、ベンノを運び出していく。恐らく、一週間程度の入院で済むだろう。いつもそうだ。だから黙って、押し寄せるくだらない罪悪感を噛み殺そうとしていたのだが、

「以前に、同じような症状の補助官を診たことがある」

隣の医師が責めるような目を向けてくるので、エチカは静かに深呼吸した。

「クリダですか？　それともオルグレン？　セルベル？　あとは……」

「もう結構」医師の眼差しは、とっくに軽蔑の色を帯びている。「彼らから聞いたよ、相棒の頭をことごとく焼き切って病院送りにする天才がいると。君のことだね？　ヒエダ電索官」

求められている答え方は知っている。「意図的じゃありません」とか、「同僚を苦しめたがる人間がどこにいます」などという、白々しくて善意に満ちあふれる回答だ。

けれど、綺麗な言葉に事実を払拭する力はない。随分前から、嫌というほど知っている。

「ベンノは回復します、ユア・フォルマを使えば脳神経の修復くらい何てことない」エチカはいっそ冷酷なほど無表情で言い、「それでは、捜査へのご協力ありがとうございました」

医師が信じられないものでも見るかのような顔をしたが、構わず病室を後にした。

ユア・フォルマに記録された情報を辿り、事件解決の糸口を探し出す。
それこそが電索官――エチカ・ヒエダの仕事だ。

第一章——機械仕掛けの相棒

1

〈ただいまの気温、マイナス七度。服装指数A、防寒対策は必須です〉

午前八時を回ったというのに、空には淡い星がまたたいていた。飛行機の中で見たサイコホラー映画が、まだ瞼にこびりついている——エチカは、ロシア北西にあるプルコヴォ空港のロータリーにいた。顎のラインに沿ったボブカットは日本人らしい濡羽色で、薄っぺらい体にまとったコートをはじめ、セーター、ショートパンツ、タイツ、ブーツの何れも黒だった。鴉の子が人に化けたのではないか、と揶揄されたことが何度かある。

ロータリーへと流れ込んでくる車は、一様にヘッドライトを跳ね上げていた。キリル文字を掲げたバスが次々と人を吐き出しては、飽きもせず吸い込んでいく。乗降客の幾人かと目が合う。彼らの氏名や職業などのパーソナルデータが、視界にポップアップ表示される——ユア・フォルマが普及して以来、一般市民はさておき、個人情報へのアクセス権限を持つ職種の人間にとって、相手が何者かは目を合わせれば分かるようになった。氏名、生年月日、住所、職業……望まずとも全て見えてしまう。

それにしても。

約束の時間から十五分が過ぎたが、ベンノは現れない。

仕方ないな。エチカはがさがさになった唇を舐めて、電話をかけることにした。

〈ベンノ・クレーマンに音声電話〉

思考をテキストに置き換えて、頭の中のユア・フォルマに指示を出す。つけっぱなしにしているいる片耳のイヤホンが、間抜けな呼び出し音を響かせる。どうせ出ないだろうなと思った。ベンノは電話嫌悪症なのだ。分かっていてわざわざ電話をするのは、気分のいい日は稀に応じてくれることがあるからで、ついでに言えば、毎回遅刻してくる彼に直接文句を言いたかった。

結論から言って、今日は駄目だった。タイムアウトにより、発信が自動的に切れる。直後、彼からのメッセージを受信——視界の片隅にメッセウィンドウが開く。

〈こっちはまだ入院中だ。俺が昨日のうちに現地入りしたというのは、トトキ課長の嘘だよ〉

嘘だって？　エチカはつい眉をひそめ、

〈課長の指示で今日まで黙っていたが、俺たちのパートナー関係は解消だ〉

やっぱりか。解消自体は予想していたことだし、いつものことだから落胆も失望もない。むしろ問題なのは、トトキ課長が今日までそれを隠していたことだ。何となく嫌な予感がした。

〈俺の代わりに、そっちの支局が空港に迎えを寄越す。ロータリーで待ってろ〉

〈了解。ところで、わたしの新しい補助官について何か聞いてる？〉

エチカはそう返信したが、ベンノはもう答えない。腹立たしく思いたいところだが、こちらは彼を病院に押し込めた身だ。もともと好かれていたわけではないし、当然の対応だった。

しかし、新しいパートナーか。

気乗りがしない。何せ、誰がやってきたって長続きしないのだ。一般的な電索官は、年単位で同じ補助官と仕事をするが、エチカの場合は長くて一ヶ月程度だった。情報処理能力が飛び抜けて高いがために、誰とも釣り合わず、毎回補助官を故障させてしまう。

憂鬱な気分で、電子煙草（たばこ）を取り出して口に運ぶ。ニコチンもタールも含まない水蒸気の煙を吐き出そうとしたら、ユア・フォルマから警告。〈空港敷地（しきち）内は禁煙です〉舌打ちを堪えて、煙草（たばこ）を消した。首から下げたニトロケースのネックレスをいじり、気を紛らわせる。

迎えが現れたのは、実に三十分近く経（た）ってからのことだ。

ほとんど凍えかけていたエチカの前に、一台のＳＵＶが停（と）まる。上品なマルーンの車体は角張っていて、丸いヘッドライトはオフロードが好きでたまらないと言いたげだ。ついユア・フォルマで解析――ラーダ・ニーヴァ。約四十年もの間フルモデルチェンジをおこなっていない、由緒正しい血統だった。さすが、芸術都市は車のセンスも違う。

「おはようございます、ヒエダ電索官ですね？」

運転席のウィンドウが下がり、コーカソイドの若い男性が顔を出す。だが、パーソナルデータが表示されない。それだけでエチカは益々（ますます）気が重くなる――この運転手は、機械仕掛けの友人（アミクス・ロボット）だ。アミクスとは、一昔前までアンドロイドだのヒューマノイドだの呼ばれていた連中のことで、今や人間の生活に欠かせなくなって久しい。

「お待たせしてしまいましたか？」運転手は、支局のアミクスに支給される身分証明用バッジを見せてきた。「待ち合わせは、午前九時だとうかがっていたのですが……」

「こっちは八時だと聞いてた」エチカに時間を伝えてきたのはベンノなので、彼の嫌がらせだ。いつものことである。「とにかく乗せて」

アミクスがドアロックを解除するや否や、エチカは素早く助手席に体を押し込んだ。これでようやくあたたまれる……と思いきや、車内は恐ろしく寒い。期待と違う。

「あすみません、寒いほうが処理速度が上がるもので」

アミクスが悠長な仕草で、暖房のスイッチを入れる——エチカの知識が正しければ、これは暑さや寒さを感じないはずだった。単に人間に似せられた機械として、『人間らしく』振る舞おうとしている。システムがそうさせるのだ。

「でもこの寒さでわたしが風邪をひいたら、それはきみの敬愛規律に反するはずだ」

「仰る通りです。もちろん、程度は弁えていますよ」

人間を尊敬し、人間の命令を素直に聞き、人間を絶対に攻撃しない——アミクスは皆、そうした〈敬愛規律〉を信念としてプログラムされている。

正直なところ、エチカはこの機械があまり好きではない。

いっそ、嫌いだった。

車は半自動運転によりゆっくりと走り出し、ロータリーを出て行く。サンクトペテルブルクの街並みは、時代錯誤な建築様式に彩(いろど)られている。風情(ふぜい)があって美しいが、外壁に次々と花開くホログラムの広告映像のせいで、何もかも台無しだ――MR広告システムは、ユア・フォルマの機能の一つだった。使用者(ユーザー)の嗜好(しこう)を読み取り、日頃から関心を持っている分野の関連商品や企業広告をこれでもかと表示してくる。最近は世界中のあらゆる建物が広告まみれで、どこへ行っても景色を楽しむ余裕が持てない。

非表示にすることも可能だが、高額な課金が必要だ。何せ開発元であるリグシティの財源は、大部分が広告収入で賄われている。加えて、ユーザーがユア・フォルマの導入手術をほぼ無料で受けられるのも、これら広告の恩恵なのだった。

「予定では、このままユニオン・ケアセンターに向かうことになっています。本日は電索により、ウイルスの感染源の特定をおこなうのでしたね？」

「そうだ」

「事件はワシントンDCとパリに続き、これで三度目でしたか」

「それより、わたしの新しい補助官は？」

「準備を整えて待っていますよ。彼のことを詳しくお話ししましょうか？」

「いや、合流できることさえ分かればいい」

エチカはそれだけ言い、ユア・フォルマのニューストピックスを開く。これまた最適化された見出しがずらりと並ぶ――〈AI作家、文学賞最終候補に選出〉〈関東地方に大寒波〉〈ノートルダム大聖堂、年末のカウントダウンイベントを規制へ〉〈スイス、年間自殺幇助(ほうじょ)件数世界一位と発表〉〈書店ネットワーク、年末セールで紙の本を増版〉……。

別に、誰が補助官になろうと興味はない。自分は目の前の仕事を片付けるだけだ。

随分前に、そうやって思考を止めることにした。あらゆる罪悪感から、心を守るために。

〈パンデミックの時代は終わった。これからは、新しい『糸』との日常を手に入れませんか？〉

最初期の宣伝広告には、そんなうたい文句が躍っていたらしい。

侵襲型複合現実デバイス〈ユア・フォルマ〉(あなたのかたち)は、頭の中にある縫い糸を模した情報端末だ。その形状は直径三マイクロメートルのスマートスレッドで、レーザー手術で脳に埋め込んで使用する。ユア・フォルマがあれば、健康状態のモニタリングからオンラインショッピング、ＳＮＳの更新まで、全てを頭の中で済ませられる。

三十一年前――一九九二年冬。『スポア』(胞子)の名を冠したウイルスが、世界規模の感染爆発(パンデミック)を引き起こした。短期間で変異し続けるこのウイルスを前に、ワクチンや抗体の開発は意味をなさず、あっという間に社会機能が麻痺(まひ)。死者数は全世界で約三千万人にのぼり、死因のほとんどがウイルス性脳炎だった。そのため、脳炎の発症を予防することが喫緊の課題とされる。

世界保健機関(ＷＨＯ)主導のもと、各国機関が協力し合い、研究段階だったＢＭＩ技術を応用。数年がかりで、侵襲型医療用スレッドデバイス『ニューラル・セーフティ』が開発された。これにより脳炎の治療が容易となり、死亡率が減少。その後も改良が重ねられ、ついに脳炎自体を予防できるまでになる。ウイルスの時代に疲弊しきっていた人々が、この『糸』に飛びつかない理由は、何一つ存在しなかった。

パンデミック終息から久しい今日――二〇二三年。『ニューラル・セーフティ』は『ユア・フォルマ』として生まれ変わり、最新型多機能情報端末として大きく進化を遂げている。

中でも特筆すべき機能が、〈機憶〉だ。

機憶は実際の出来事とともに、その都度ユーザー自身が抱いた感情を記録する。海馬の記憶を情報変換(バイナリ)することで生み出され、それ故に心の可視化を可能とした。

機憶は特に、犯罪捜査の有り様を大きく変えた。国際刑事警察機構(インターポール)電子犯罪捜査局は、機憶捜査の行使権限を有する唯一の機関として、これらを重大事件の解決に役立てている。もちろん、機憶の細工や抹消による犯罪逃れも稀(まれ)に起こる。だが、機憶自体の偽造は現代の技術では不可能なため、捜査の進展に著しく貢献していた。

そうした機憶に潜るのが、エチカのような電索官たちだ。

電索官は『ダイバー』とも呼ばれ、被害者や加害者のユア・フォルマに接続し、文字通り頭の中に潜って事件の鍵を探す。機憶は、ネットワークから切り離されたスタンドアロン環境で管理されるため、直接繫(つな)がる必要があるのだ。しかもミルフィーユのような多層構造で保管されているので、平凡な情報処理速度では表層をさらうことすらままならない。

そのため、電索官には特定の適性が必要になる。それらは主に、遺伝情報によるストレス耐性や、ユア・フォルマとの親和性によって判断されていた。脳の発達期からユア・フォルマを使用した場合、ごく稀(まれ)に、ユア・フォルマに極端に迎合する形での髄鞘(ずいしょう)化が起こる——分かりやすく言えば、脳にユア・フォルマが馴染みすぎてしまう——その影響で、情報処理能力が飛躍的に伸びることがある。電索官に選ばれるのは、そういった少しいびつな人間だ。

中でもエチカの能力は飛び抜けており、未(いま)だに釣り合う補助官と出会えていない。

つまり『天才』は褒め言葉などではなく、最上級の皮肉なのだった。

2

目的地のユニオン・ケアセンターは、ゴシック・リバイバル建築の趣ある建物だった。エチカはつい見入ったのだが、そのせいで外壁のホロ広告が反応する。ユア・フォルマがマトリクスコードを自動で読み込み、購入ページのブラウザが展開——全く、邪魔くさい。

どうにも疲れた気分で、運転手のアミクスとともにロビーに到着した。くたびれた外来患者が溢(あふ)れているものの、職業に電索補助官を掲げた人間は、どこにも見当たらない。

「新しい補助官はまだ来ていないみたいだね」

エチカは鼻から息を洩らす。まあ、パートナーの遅刻には慣れているからいいが。

「やはり私から、彼のことを詳しくお話ししておいたほうがいいように思います」アミクスが今一度そう言い、「補助官は、名前をハロルド・ルークラフトと言いまして、最近市警から配属替えになったばかりです。髪はブロンドで、背は百八十センチほどの」

「だからいいって。パーソナルデータが見えるから会えば分か……」

エチカはうんざりとしながらアミクスを見上げ——初めてまともに、その姿を認めた。唖然とする。アミクスというだけで関心を捨てていたが、恐ろしく端正な外見だ。年齢設定は二十代後半くらいだろうか。ブロンドの髪はワックスでそつなくまとめられ、均一な眉、繊細な睫毛をあしらった目許、一切歪みのない鼻梁と程良い厚さの唇——小さく跳ねた後ろ髪と右頬の薄いほくろが、絶妙な人間らしさを引き出している。

どこをどう取っても、職人が魂を吹き込んだ芸術作品並みだ。明らかに量産型ではない、金のかかったカスタマイズモデルだった。

「ルークラフトの服装ですが、本日はタータンチェックのマフラーに、メルトンコートです」

エチカはまばたきもできなくなる——目の前のアミクスが、そっくりそのままの出で立ちだったからだ。有り触れたデザインのコートですら、そのすらりとした体軀を際立たせている。

「まさか……」にわかに口の中が渇いていく。「冗談でしょ？」

アミクスは穏やかに微笑んだ。胸焼けを起こしそうなほど、洗練された笑顔だった。

「先ほどは名乗らずに申し訳ありませんでした。私が、ハロルド・ルークラフトです」

アミクスは——ハロルドはそう言い、気さくに手を差し出してくる。

いや待てふざけるな。

「有り得ない。アミクスの補助官なんて聞いたことがない、きみたちの仕事はもっと雑用……」

「確かに捜査機関におけるアミクスの仕事は、証拠保管室の管理や現場の警備などで、事件捜査は人間や分析ロボットの担当です。私の肩書きも公式のものではありません」

アミクスの仕事が雑務ばかりなのは、彼らが産業用ロボットのような効率や生産性ではなく、『人間らしさ』を追求して作られた汎用人工知能(AGI)だからだ——AGIが理論上の存在だった頃、これらは人間を凌駕(りょうが)する超知能だと恐れる学者もいた。しかし蓋を開けてみれば、彼らは『賢いけれど従順なロボット』の範疇(はんちゅう)にとどまり、人間のよきパートナーとなっている。

そんなアミクスの始まりは、パンデミック最中(さなか)。英国企業ノワエ・ロボティクス社が開発した、一体のヒューマノイドだった。人工知能やロボット工学はユア・フォルマと同じく、パンデミックとともに発展を遂げた分野のひとつだ。人間同士の接触を減らし、感染リスクを極限まで抑える観点から、人間に代わって働くロボットたちへの投資が進んだ。

ノワエ社は英国政府による莫大(ばくだい)な投資を資本に、ヒューマノイドを実用化へと漕(こ)ぎ着(つ)けた。当初医療機関に提供されたそれは、人間と同じ容姿を持ち、表情豊かに振る舞った。単に与えられた仕事だけでなく、人間の求める反応——慰めや励まし、共感など——を返し、ウイルスに苦しむ患者や医療従事者の心をケアしてストレスを和らげたのだ。

　のちに『アミクス』として発売されてからは、家庭から企業まで幅広く社会に普及している。今や、アミクスの扱いを巡る『機械派』と『友人派』の対立が度々問題になるほどだ。

　しかし、周囲の状況を把握して柔軟に対応できるアミクスの『人間らしさ』は、一方で器用貧乏と言える。特定分野の学習深度では、産業用ロボットに到底劣るのだ。だから、専門職としての色合いが強い犯罪捜査は、アミクスよりも分析蟻（ミール・ロボット）などの領分だった。

　なのに今、目の前のアミクスは、自分を電索補助官だと主張している。

「本当にきみが補助官だというのなら、どうして最初に自己紹介をしなかった？」

「ああ」と、ハロルドが暢気（のんき）に手を引っ込める。「すみません。あなたがどんな方なのかを、しばらく観察したくて……もしや、飛行機の中では映画をご覧になっていましたか？」

「え？」確かに見ていたけれど。「それが何？」

「タイトルは、『三番目の地下室』でしょう？」

　エチカは思わず目をしばたたく——正解だった。何で分かった？

「まさか、誰かから訊（き）いたの？」

「いいえ、誰からも。あなたはエトワールフランス航空を利用したはずです。公式サイトを見れば分かりますが、『三番目の地下室』は機内プログラムのピックアップ作品だ」

「……だから？」

「あなたのようにこだわりを持たない人ならば、もっとも目に付くピックアップ作品の中からタイトルを選ぶのが自然です。しかも職業柄、極度に刺激的な物語にしか引き込まれない。あなたの目は、瞬き（まばた）の回数が減った影響で充血していますし、恐怖心を煽（あお）られて何度も舐（な）めたせいで唇が荒れています。ですから映画のジャンルはサイコホラー、そしてサイコホラーのピックアップ作品は『三番目の地下室』だけです」

　エチカはあっけにとられるしかない。「一体何なんだ、きみは……」

「思うに電索官、無頓着なところがありますね？　あなたからは、電子煙草（たばこ）特有のフレーバーの香りがします。失礼ですが、それなりに安物の。つまり喫煙に対して特別なこだわりはなく、ただ気を紛らわすことができればいいと考えている。そういう人は大抵、生活そのものに関心がない。ファッションや恋愛にもまるで興味がなく、仕事が恋人です」

　もはや言葉がなかった。絶句するエチカを前に、ハロルドは満足げな笑みを見せる。

「初歩的な人間観察です。私に捜査官としての適性があることを、ご理解いただけましたか？」

　冗談じゃない——何だこれは。

　確かにアミクスはコミュニケーションを取る上で、人間の感情などを把握できる。だが、ここまでの精度は異常だ。どうなっている？

エチカが困惑を隠しきれずにいると、

「ヒエダ電索官」

ハロルドが、柔らかいが有無を言わせぬ微笑みで、囁きかけてくる。

「事件解決までの間、あなたのよきパートナーでいられるよう努力します」

勘弁してくれ。補助官がアミクスで、しかもプライバシーを把握する能力があるなんて。

「その……、時間が欲しい」エチカはどうにか言った。「上司に電話をかけてくる」

〈ウイ・トトキにホロ電話〉

ケアセンターの外に出たエチカは、迷わず上司のトトキ課長にコールした。気温は先ほどと大差ないのに、どういうわけか寒さを感じない。そのくらい動揺している――ホロ電話は、正しくはホログラフィック・テレプレゼンスと言う。ホロモデルを使用することで、直接相手と会っているかのような感覚で会話できる技術であり、ユア・フォルマの機能の一部だ。

『あらおはよう、ヒエダ』

通話が繋がり、トトキ課長の姿が目の前に描き出された。鋭い目鼻立ちは、女性でありながら厳格な印象を与える。結わえた黒髪は腰に届くほどで、グレースーツは一切のしわを許さない――彼女は三十代半ばにして、電索課を束ねる我らがチームリーダーだ。トトキの肩書きは上級捜査官であり、電索官や補助官とは異なる形でキャリアを積み上げてきたエリートだった。

『リヨンが今何時か分かってる？　朝の八時よ、出勤時間』

「すみません」エチカは噛みつきたいのを堪える。冷静になれ。「ベンノとのパートナー解消を黙っていたのは、新しい補助官がアミクスだからですね？」

『まさか。忙しくて言い忘れていただけよ』絶対に嘘だ。トトキにはそういうところがある。『あなたのアミクス嫌いは知ってる。ただね、電索官はもともと数が少ない。なのにあなたは、定期的にパートナーを故障させて入院に追い込み、捜査に大穴を開ける』

「それは……」

『ええ分かってる。ヒエダと釣り合うだけの補助官がいないから、能力差に目を瞑るしかなかった私のせいでもあるわ。でも、ようやくマシなパートナーが見つかったのよ』

「それがアミクスだと？」全然マシじゃない、と言いたい。「ユア・フォルマとアミクスの人工知能は、そもそもの規格が全く違います。〈命綱〉で接続するなんて不可能でしょう」

『ＨＳＢコネクタとＵＳＢコネクタを同時に使った、特殊な〈命綱〉を用意してある。接続可能よ』

「だとしても処理速度が釣り合いません、あっちの回路が焼き切れるはずです」

『彼は特別だから大丈夫』

「カスタマイズモデルということですね？　まさかあれを、わざわざ発注したんですか？」

『彼はもともと、ペテルブルク市警の刑事部にいたアミクスよ。今回の事件を捜査するにあたって、支局に転属させただけ』本当にそうだろうか、と訝りたくなるくらい、トトキの喋り方は淡々としていた。『彼は特別なアミクスだけれど、うちが発注したわけではないし、知っての通りそんな資金はどこにもない』

「でも今、特殊な〈命綱〉を用意したと言いましたよ」

『必要な投資よ。あなたのためだけじゃない、これは将来多くの電索官にも役立つわ』

いつか、補助官の仕事をアミクスが担うようになるって？　それこそとんでもない話だ。

『ヒエダ。彼の演算処理能力は、あなたの情報処理能力と釣り合う。数字が証明している』トトキは諭すような口調になり、『総会からは、あなたを切り捨てる提案もされたわ。でも私は突っぱねてきた。あなたは逸材なの。世界最年少で電索官になったのが、何よりの証拠よ』

世界最年少の天才電索官——過去に、一時ではあるがメディアが騒いだことを思い出し、苦い気分が蘇る。自分がこの仕事に就いたのは三年前。飛び級で高校を卒業したばかりの、十六歳の時だった。『天才』の響きは重たかったが、皮肉だとは微塵も感じていなかったあの頃。

初めて補助官の脳を焼き切った日に、全てが変わってしまった。

『それにこの方法なら、人間の補助官を傷つけずに済むわ』

確かにこれは朗報だ。その一点を持ち出されれば、あらゆる反論を呑み込むしかなくなる。

『それでも嫌だというのなら、一人で潜って戻れる能力を身につけることね』

「不可能です。誰にもそれができないから、パートナーシステムが採用されている」

エチカのような電索官は、情報処理能力に特化しているがために、一度電索を始めると制御が利かない。謂わばスカイダイビングのようなものだ、飛び込んだら後は垂直落下するしかない。だからこそ、命綱である電索補助官にモニタリングを任せ、然るべきタイミングで引き揚げてもらう必要がある。

『納得してくれるわね？』

トトキに一切譲るつもりがないことは、明らかだった。もちろんエチカだって、はなから拒否できるとは思っていない。何よりも、彼女は総会から自分を守ってくれたのだ。真っ当な大人なら、有難いと思わなければならない。

だがその代償が、アミクスのパートナーか。

エチカはトトキに無礼を詫びて、通話を切った。前髪をぐしゃぐしゃとかき混ぜる。分かっている、諦めるより他ない――それにどうせ、あのアミクスもすぐに壊れるだろう。トトキはこちらとアミクスの能力が釣り合うと信じているようだが、実際に試したわけじゃない。

これまでの補助官に例外はいなかった。

アミクスに取って代わったところで、そう簡単に上手くいくはずがない。

「ヒエダ電索官、随分と長電話でしたね」

ケアセンターの入院病棟は暗く、古くさい匂いが立ちこめていた。人間の医師に先導されて、エチカはハロルドとともに廊下を歩く。時折、見舞客や看護アミクスとすれ違う。

エチカは突っぱねた。「だから何？」

「言わずとも分かりますよ、パートナーの交代を申請したんでしょう？」

「違う」とっさに答えてしまう。しまった。「そこまでは、言っていない」

「それはよかった」ハロルドは微笑んだ。「失礼ですが、アミクスがお嫌いですね？」

気付かれていた。喉を突かれたような気分になる。先ほど取った態度を思えば無理もないが、面と向かって指摘されるとさすがにやや気まずい。

「きみには悪いけど、まあ……その通りだ」

「構いませんよ、そういったことはあまり気にしません。きっかけは何です？」

「プライベートなことは話さない。今後もそうして」

「なるほど、ストイックな方は嫌いではありませんよ。尊敬できますから」

「いや……」何なんだ、はっきり言わなきゃ分からないのか？「つまりわたしは、きみと仲良しごっこをするつもりはないと」

「あの……すみませんが、そろそろ感染者について詳しくお話ししても？」

はたとする。前を行く痩せぎすな医師が、こちらの無駄口に非難がましい目を向けていた。

「失礼」ああもう頭を切り換えないと。「二日前に、最初の感染者が搬送されたんでしたね」

「そうです、今朝の段階でうちに入院しているのは十二人。バレエアカデミーの生徒さんが半数を占めていて、全員が低体温症で運び込まれました。ひどく吹雪いていると言ってね」

医師が窓を顎でしゃくる――空は薄ぼんやりとした明るさをまとい、寝ぼけ眼みたいにすっきりとしない。忙しなく配達ドローンが行き交っているが、雪は一片も舞っていなかった。

「感染者の頭の中では吹雪なんです」エチカは言い、「共通の幻覚は今回の知覚犯罪の特徴だ」

知覚犯罪は、ユア・フォルマへの電子ウイルス感染によって引き起こされる。今回の連続事件においては、今月上旬にワシントンDCで最初の事例が確認され、以降はパリ、サンクトペテルブルクと単発的に発生していた。

感染者に共通する症状は、何れも吹雪の幻覚と、それに伴う低体温症だ。

「僕も患者を診て過去のニュースを読みましたが、新種の自己増殖ウイルスだそうですね」

「ええ、しかもユア・フォルマのフルスキャンを使っても検出できない。今、開発元のリグシティが分析チームを立ち上げて、調査にあたっています」

今のところ、この新しいウイルスについて判明していることは二つだけだ。
一、一人の感染源から、ユア・フォルマのメッセや電話などを通じて感染が広がる
二、ウイルスには十五分ほどのごくわずかな潜伏期間があり、感染力を持つのはその間だけ
――感染力に至ってはウイルスの問題というよりも、発症後はユア・フォルマが動作不能に陥

るため、必然的に広がりようがなくなるという道理だ。

　現状、ウイルスを除去する手段はまだ見つかっていない。対処法は限られており、動作抑制剤によってユア・フォルマそのものの機能を止めるか、摘出手術でユア・フォルマを取り除くかの二択だった。

「だが吹雪の幻覚はまだしも、幻の雪で体が影響を受けるというのがどうにも……」

「電子犯罪捜査局もそこは頭を悩ませているところですが、今のところノーシーボ効果の一種ではないかと考えています。大昔のブアメードの実験が分かりやすいかと」

「というのは？」

「簡単に言えば、人が思い込みで死ぬことを証明した実験です。被験者は、目隠しをした状態でベッドに縛られます。医者は『血液のうち三分の一を失ったら死亡する』と伝えてから、被験者の足の親指にメスを入れる。ほんの少しだけ。で、血が一滴ずつ流れ出すわけですが」

「実際はメスなど入れておらず、血だと思っていたものはただの水滴だった」ハロルドが勝手に、続きを拾う。「実験では一時間ごとに、被験者に偽の出血量を知らせます。数時間後、ついに出血量が三分の一に達したことを教えると、被験者は無傷にもかかわらず死亡した」

　エチカはやや顰め面になる。「よく知ってるね」

「以前、ネットで見かけたことがあるのです。我々は一度見たことは忘れませんから」

「ああ、うちの看護アミクスもそうだよ。大事なカルテのデータがバックアップごと飛んだ時も、記憶から全部アウトプットして復元してくれた」

「私たちにとっては造作もないことです」ハロルドは微笑み、「ただ電索官、ブアメードの実験は論理的に少々強引では？」

「脳はもともと騙されやすい器官だ」エチカは声を低くする。「ユア・フォルマのように脳と一体化したデバイスを前提とすれば、ブアメードは十分論理的な説明として成立する」

　そうしてエチカたちが訪れた病室は、十五床ほどの大部屋だった。ベッドにはそれぞれ感染者が横たわり、鎮静剤によって静かな寝息を立てている。容態は安定しているようだ。

「おたくのご要望通り、全員を〈探索コード〉で繋いでおきましたよ」

　医師が言う――電索に使われる〈探索コード〉や〈命綱〉は、所謂ＨＳＢケーブルだ。Human Serial Busはユア・フォルマ専用のシリアルバス規格である。プライバシー保護と悪用防止の観点から一般人の所持は禁じられており、特定の医療機関や捜査機関のみが使用を許される。

「えー、この中から感染源を見つけ出すんでしたね。そこに、犯人の手がかりが？」

「まだ分かりません。潜ってみなければ何とも言えない」

　ワシントンでもパリでも、オジェのような感染源には行き着いたものの、ウイルスの感染経路や犯人の手がかりは見つからなかった。ユア・フォルマや機憶に痕跡が残されていない上、感染源自身も、「どこでウイルスをもらったのか、全く心当たりがない」と主張しているのだ。

だからこそ、今回は空振りでないことを祈りたい。

「しかし」医師が不安げに、室内を見渡す。「十二人を並列処理ですか。二人以上を相手にする電索官は見たことがありませんが……メンタルをやられて、自我混濁を起こすんじゃ？」

「問題ありません。多人数の並列処理ができるからこそ、わたしが呼ばれましたので」

機憶に記録された感情は、まるで自分自身の感情であるかのように心を通過する。そのため電索官が自我混濁を起こして、メンタルケアが必要になる事故も度々起こる。しかしエチカの場合、大勢を並列処理しようと、それらの感情に呑み込まれたことは一度としてなかった。

どちらかと言えば、気がかりなのはハロルドの処理能力だ。

「それで」エチカはアミクスを見やる。「ルークラフト補助官、わたしときみの〈命綱〉は？」

「こちらを使うようにと言われました」

ハロルドが、電索官と補助官を繋ぐ〈命綱〉を取り出す。一般的な〈命綱〉とはデザインが異なり、金糸と銀糸を交互に織り込んだように色づき、うっすら光っていた。

エチカは眉をひそめる。「特注品……ね」

「ええ。あなたをモニタリングするにあたって送り込まれる情報を、私の回路でも理解可能な形式に変換できます」

トトキ課長は、必要な投資だと言っていた。しかしやはり、エチカには上手くいくと思えない。これまでのネガティブな経験が、あまりに尾を引いている。

　エチカは気乗りしないまま、うなじに〈命綱〉を挿し込む。〈探索コード〉に比べ、〈命綱〉はさほど長くない。ハロルドが接続のために目の前へとやってくるので、とっさに顔を背けて、距離を取りたい衝動を抑える――アミクスとここまで近づくのは、本当に久しぶりだ。

　仕事でなければ、絶対にこんなことはしないのに。

「電索官、繋ぎましたよ」

「ああうん」エチカはちらとハロルドを見やり――ぎょっとした。彼は左耳をずらし、現れたUSBポートにコネクタを接続していたのだ。「その、……何か問題は？」

　こういう時、これが人間そっくりの機械なのだということを、嫌でも思い知らされる。はっきり言ってちょっと、いや、大分不気味だ。

「特に支障はありません。少し緊張しているくらいです」彼は言葉とは裏腹に、リラックスした笑顔だった。「あなたは平気そうだ」

「……慣れているから」

　嘘だ。実際は胸がざわついていた。当たり前だが、アミクスと頭を繋いだことはこれまでに一度もない。

　だが、もう後戻りはできない。大丈夫、思考を止めるのは得意じゃないか。

　トライアングル接続を完成させたところで、エチカは一度だけ、深く息を吐く。

　いつも通りにやればいいだけだ。

「始めよう」

そう呟いた瞬間、ずるりと感覚が傾く――一瞬で、電子の海へと落下していく。

まずは表層機憶から――愛しい愛犬に頬ずりする。守ってあげたい。声を荒げる友人が見える。心臓がひりつくような悲しみが弾けて。真新しいトウシューズに触れる。わくわくする、今すぐ踊り出したい気分。暇つぶしに、友人のSNS投稿を遡る。チーズが沈んだコーヒーの画像が流れ去っていく。マリインスキー劇場が映る。広告まみれなのに、美しくきらきらと輝いていた。憧れなのだ……ユア・フォルマの機憶に蓄積された十二人の日常が、感情が、ばらばらの欠片となって吹き荒ぶ。喜怒哀楽の雨霰が、でたらめにエチカの心を殴りつける。だが、何れも自分の感情ではない。他人事として感覚を閉ざし、冷静に受け流して。

『もしも死んでいたら、あなたを許さなかった』

唐突な囁きが響く――誰だ？

『お前のせいで死ぬところだった』『もう二度と、あんたとパートナーになるのは御免だ』

違う。これは、エチカ自身の機憶だ。どうして自分の機憶に潜り込もうとしている？　落ちる方向を間違えている――そうか、もしかしてこれが逆流か。最悪だな。

見える。

暗い廊下が映し出される。ぞっとした。病院だ。窓の外、街並みに星明かりが降り注いでいる。これまでないがしろにしてきたパートナーたちの呻き声が、どこかから。すすり泣きも聞こえる。パートナーの家族や友人、あるいは恋人の。『許さない』『機械みたい』『組むんじゃなかった』『謝れ』『天才だって？』『消えろ』平気だ。平気なんだ。何を言われても痛くない。痛むのはむしろ、自分が傷つけてしまった彼らのほう。そう言い聞かせて。

　閉じろ。抜け出せ。ここは必要ない。

　ぎこちなく世界が入れ替わる。どうにか軌道修正。感染者たちの、ネットワーク上の行動履歴へと導かれていく。ＳＮＳやメールボックスへ。よかった、調子を取り戻した。無数のやりとりが、嵐のように過ぎ去る――明日学校でね、パパと喧嘩したの、友達がアミクスを買ったって、トウシューズを新調したわ、今度のカウントダウンパーティだけど……ぞうぞうと流れ落ちる。ちりばめられていた情報の点が、機憶と合わさりぶつかりあって、繋がる。感染源への道筋が浮かび上がってくる。

　ぱっと火花が散って、邪魔をして。

　懐かしい姉の顔が見えた。あどけない顔立ちに浮かぶ、大人びた微笑み。薄桃色の唇から、真っ白な歯が覗いて――これはまたしても、エチカ自身の機憶だ。

『エチカ、手を握って。寒くないように魔法をかけてあげる』

　会いたい。もう一度、本当にその手を握れたのなら。今度は、絶対に放したりなんかしない。誰にも放させたりなんかしないのに――違う。落ち着け。自分自身の感情に呑まれるな。閉じなければ。

もがく。速度が上がりすぎている。止まりたい。いや、止まれるわけがない。舵を切れ。感染者のほうへ。ぎゅっと頭がよじれる感覚が広がる。熱い。十二人の機憶へと舞い戻っていく。全員の機憶が交差し、すれ違う地点を暴き出す。そこに立つ感染源を探し求め、そして。

視えた。

ぶつっと視界が弾ける。

古くさい匂いが鼻腔を突き抜け、エチカは病室へと帰ってくる。息を吐く。額に汗が浮いている——覚悟していた。ベンノの時と同じく、医師の悲鳴が耳に届くはずだ。さあ、来い。

けれどいつまで経っても、それは聞こえなくて。

「見つかりましたね」

柔らかい声が降ってきて、エチカは呼吸を止めた。

隣のハロルドは、平然と立っていた。電索を始める前と変わらず、涼しい表情だ。彼の手には、エチカのうなじから引き抜いた〈探索コード〉が握られている。ベンノのように倒れることもなければ、不調を来してすらいない。何一つ、異常は起こっていない——信じられない。

「どうしました、電索官?」

ああ——トトキ課長の判断は、正しかったわけだ。

電索官になって以来、こんなことは初めてだった。仮に倒れるまではいかなくとも、自分と電索を終えたあとの補助官たちは、決まって疲弊した顔だった。そうした負担が何度か積み重なっては、あっけなく故障していく。例外は一度もなくて。

だがどう見たって、ハロルドは無傷だ。それどころか、疲労の気配すら漂わせていない。

どこかで信じたかった。機械なんかと潜って上手くいくはずがない、と。そんなこと、あってはならない。受け入れたくない。なのに、どうやら現実は皮肉が大好きらしい。

やっと見つけた釣り合う相手が、大嫌いなアミクスか。

「電索官？　私は引き揚げるタイミングを間違えましたか？」

ハロルドが怪訝そうに覗き込んでくる——明け方の湖のように、凍りついた瞳。刻み込まれた虹彩の深さと、白目をなぞる澄んだ血管。綺麗で冷たい、完璧な目。

その無機質さが、どこか羨ましくさえあって。

「いや……」どうにか、掠れた声を押し出す。「タイミングは、完璧だった」

「ありがとうございます」

「驚きましたよ」医師が圧倒された様子で口を開く。「まさか本当に、十二人の並列処理をやってのけるとは……メンタルの調子はいかがです？　体の具合は？」

エチカは平気だと答えて、乾いた唇を湿らせる。思考を無理矢理、捜査へと引き戻し——手に入れた情報を整理しながら、ハロルドを見上げた。

「感染源の名前はクラーラ・リー、バレエアカデミーの生徒だ。ただ……この場にはいない」

3

感染源のクラーラ・リーは、感染当日からバレエアカデミーを欠席していた。

ユア・フォルマのユーザーデータベースによれば、リーはノルウェー人で、フィンマルク県チルケネス出身の十八歳だ。留学生としてペテルブルクのバレエアカデミーに入り、学生寮で生活していた。犯罪歴もなく、ワシントンやパリの感染源同様、善良な一般市民と思われる。

だがどういうわけか、行方を眩ましている。

「わたしの見立てでは、彼女はただの被害者だ。なのに、どうして逃げ出す必要がある?」

「友人を感染させたという罪悪感かも知れません。今、リーのSNSを調べていますよ」

エチカとハロルドは現在、揃ってニーヴァに揺られていた。ペテルブルクを出発してから、かれこれ二時間が経過する。そろそろフィンランドの国境検問所が見えてこようかという頃だ。

アカデミーに問い合わせたところ、リーは祖父の葬式を理由に休みを取ったらしい。しかしデータベース曰く、彼女の祖父は数年前に死去している。つまり、リーは嘘を吐いた。

ペテルブルク市内の監視ドローンを調べたが、リーは学生寮から最も近いパーキングロットでシェアカーを借りていた。走行経路を確認した結果、車は、リーの故郷から五百キロほど離れたカウトケイノで彼女を降ろしている。理由が分からない。せめてリーの位置情報を特定できれば手っ取り早いのだが、感染したユア・フォルマは電波信号すらも途絶してしまう。

そのためエチカたちはやむをえず、地道にリーの足取りを辿ることになり、こうしてカウトケイノへと向かっていた。が、アミクスと狭苦しい車内で缶詰にされるのは、中々に気が重い。

「電索官、これを見て下さい。実に完璧な踊りです」

ハロルドが、ずいとホロブラウザを差し出してくる。線の細いリーがチュチュをまとい、しなやかに舞っている動画が再生されていた。彼女のＳＮＳにアップされていたものだろう。

「パリの炎のヴァリエーションですが、軸に全くぶれがありません。プロ顔負けの技術です」

「彼女が優秀だとしても、事件とは関係がない」

エチカは寒さを紛らわそうと、自動運転中のステアリングに手を置く——助手席のハロルドは、先ほどから腕時計型のウェアラブル端末を使い、リーのＳＮＳを眺めていた。アミクスはオンラインに繋がってこそいるものの、その用途はIoT連携などに限られている。彼らがインターネットを使うには、端末が必要なのだ。

「では、こちらはどうです？　随分と変わった飲み方ですが」

続いて彼が見せてきたのは、たっぷりとチーズを入れたコーヒーの画像だった。『私のお気に入り』というテキストが添えられている——先ほど、機憶で垣間見たものと同じだ。エチカはユア・フォルマに解析させ、ネットワーク上から答えを引き出す。

「コーヒーにヤギのチーズ……少数民族サーミの食文化か」更に、関連情報へと飛ぶ。「リーが訪れたカウトケイノは、サーミ人の住民が多いらしい」

「あのあたりは、機械否定派（ラッダイト）が暮らす技術制限区域でしたね。それもサーミ人と言えば、トナカイ牧畜の裏で闇医者稼業（かぎょう）に手を染めている人もいるはずです」

「捜査局（うち）では有名な話だね。ただ正確には闇医者じゃなくて、バイオハッカーだけれど」

バイオハッカーは、バイオハッキングと呼ばれるサイボーグ技術によって、依頼者の肉体を改造することで報酬を得ている。その際、違法な薬剤や筋肉制御チップなどを用いることから、闇医者とも呼ばれるのだ。こうしたバイオハッカーは、裏社会組織に雇われた少数民族であることも多い。彼らは文化維持のために貧困に陥りやすく、高額な報酬と引き換えに仕事を引き受けるケースが散見されていた。当然だが、法に触れる行為だ。

「つまりリーは、感染したユア・フォルマを取り出すためにバイオハッカーを頼った……いやでも、それなら一般の病院で十分か。わざわざリスクを冒さなくてもいいはず」

「ええ」ハロルドが頷（うなず）く。「思うにリーは幻覚症状を、体内にある別の機械の不調だと、思い込んだのではないでしょうか？」

「どういう意味？　データベースによれば彼女は健康体で、これといった持病もない。ユア・フォルマ以外の機械を、わざわざ埋め込む必要がないよ」

「ところで電索官、バレエをご覧になったことは？」

エチカは目をしばたたく。何だ、藪（やぶ）から棒に。

「あるように見える？　わたしを無頓着だと言ったのはきみだ」

彼は首を竦めた。「今更ですが申し訳ありません、女性に対して無礼な表現でした」

「いやそうじゃない」そもそも女扱いされたいなどとは、微塵も思っていない。「それで、バレエが何なの？」

「いえ……」ハロルドはわずかに逡巡し、「やはり、のちほど説明しますよ」

それきり、車内にはじっとりとした沈黙が落ちた。

居心地が悪い。エチカはどうにも落ち着かず、ウィンドウを下げる。凍りつくような風が頬を切るが、構わず電子煙草を噛んで――ハロルドは、こちらがアミクス嫌いだと知っている。ベンノのように、感情を表にしてくれればいっそ気が楽なのに、彼はそうじゃない。冷静な分、何を考えているのか分からないのだ。

エチカは煙を窓の外へと吐き出して、

「電索官、いつから煙草を？」

ハロルドが問いかけてくるので、どきりとした。放っておいて欲しい。

「プライベートな話はしないと言ったはずだ。迷惑なら消す」

「構いませんよ。ミントの香りは好きです」

「……フレーバーは煙草じゃないっていう人もいるけれど」

「なるほど、ニコチンよりもずっと健康的だと教えて差し上げたほうがいい」

彼らの敬愛規律はどうあっても、目の前の人間に対して好意的な態度を取ろうとする。こちらがどれほど心を閉ざしていても、それは変わらない。そうやって、人の胸の内に滑り込むのが上手(うま)いのだ——そんな手に乗せられるものか。

「仕事の話をしよう。本当に、わたしの補助官を担(にな)って何ともなかった?」

「ええ。私の能力は、あなたと対等であると証明されています。数字が信じられませんか?」

信じられないのではなく、信じたくないだけだ。認めたくはないが、彼とエチカの処理能力は驚くほど釣り合っている——その証拠に、先ほどの電索では逆流が起こった。

補助官との親和性が高いと、電索官は誤って自分の機憶を引き出すことがある。これまで釣り合う相手と潜ったことが一度もなかったので、経験したのは今回が初めてだ。

「さっき、逆流が起きた。……きみには何か見えた?」

「いいえ。補助官が共有するのは、電索官が潜った対象の機憶だけです。それも、早回しの映画を見ているような形で送り込まれてきます」

「それは知ってる」そして追いつけなくなると、ベンノのように頭が焼き切れるのだ。

「あなたがご自身の機憶を開いた時は、映像が途切れてノイズに変わります。つまり逆流が起きていることは分かりますが、あなたの機憶までは見えませんよ」

「そう……なるべく抑えられるように努力する」

ハロルドに機憶を覗(のぞ)き見られていなかっただけでも、正直ほっとした——だが、アミクスとの相性が優れているという事実に関しては、全く安堵できない。むしろ最悪だ。

「そううんざりしないで下さい」

「別にしてない」

「カウトケイノまで、あと十三時間あります」ハロルドが優雅に微笑む。「あなたがアミクス嫌いを克服して、私と親しくなるには十分ですよ」

　エチカはつい、渋面になってしまう。何を考えているのかと思いきや。

「仲良しごっこはしないと言ったはずだ」

「私がアミクスだからでしょう？」

「誰とでもそうだよ、いちいち慣れ合う気はない」

「私は是非ともあなたを知りたいのですが」

「それはきみの勝手な希望だ、お断りする」

　何なんだ。人間が拒んでいるのだから、アミクスらしく尊重して身を引いて欲しい。最初から思っていたが、ハロルドはどうも図太い。いっそ、特有の個性があるようにすら見える。

「そもそも親しくなって何の意味がある？　私情が挟まれば仕事がやりづらくなるだけだ」

「驚きました」彼がわざとらしく目を瞠る。「まさか、そこまでの親しさをお望みとは」

「は？」何言ってる？

「仕事がやりづらくなるほどの私情といえば、相場が決まっています。そうでしょう？」

即座にこいつを張り倒さなかっただけ、自分を褒めてやりたい。

「ルークラフト補助官……わたしの脚にあるものが見える？」

「電子犯罪捜査局が標準採用している、自動拳銃（フランマ15）です」

「その通り。で、きみはアミクスだから武器所持を禁じられている。丸腰だ」

「ただのジョークです、怒らないで下さい」ハロルドは窓枠に手をかけ、余裕の笑顔だ。「あなたは面白い人ですね、きっと仲良くなれますよ」

　こいつ、本当に撃ってやろうか。できもしないことを思いながら、エチカは怒りに任せて煙草（たばこ）の電源を切る。ウィンドウを閉めると、乱暴に暖房のスイッチを入れた。「五分経（た）った、今度はわたしがあたたまる番だ」

「ええ、では私は五分我慢します」

　寒いのが好きだというハロルドと、まともな体感温度を持っているエチカは、出発に際して暖房を五分ごとの交代制にしようと取り決めていた。機械の押しに負けるだなんて情けない。

「いい？　あまり人間をからかわないで」

「からかってはいません。あなたと親しくなりたいだけです」

「今度きみが妙なことを言ったら、わたしが三時間暖房を使う権利を独占するから」

「気になっていたのですが、そこまで寒いのであればタイツよりも厚手のズボンを穿かれては？」

「これは発熱繊維だよ動きやすいし十分あったかい。ただ完璧とは言えないだけで……」

「つまり、単にあなた自身が寒がりだと」

「違うおかしいのはきみのほうなんだ、氷点下でも平気なんて人間じゃない」

「よくご存知ですね」

「……そういう意味じゃない」面倒臭いな！


　目的地のカウトケイノは、実に閑散とした田舎町だった。そもそも町と呼べるほど建物が密集していない。広大な雪原に横たわる幹線道路を中心に、ノスタルジー溢れる山小屋風の民家、教会、郵便局、学校などが点在している――技術制限区域には、パンデミック時代にスレッドデバイスを始めとするテクノロジー技術を拒んだ少数派が暮らしており、『機械否定派』と呼ばれている。このような住み分けは、世界各地でおこなわれていた。

　極夜の今は、午前九時を回っても日が昇らない。申し訳程度に明るみを帯びた空の下、エチカたちを乗せたニーヴァは、町で唯一のスーパーマーケットの駐車場に停まっていた。

「手詰まりだ」エチカは運転席で、ゼリーのパウチを咥えたまま呻く。「監視ドローンがない以上、リーを探す手立てもない」

　ユア・フォルマで追えない捜索対象者の足取りを掴むには、街中に配置された監視カメラやドローンが最も頼りになる。これは今も昔も変わらない。しかし恐ろしきかな、ここにはそれらが一切存在していない。配達物すらも人力で配られている始末だ。制限区域の中には、治安維持の観点から監視カメラだけは導入している地域もあるのに、ここはあまりに悲惨だった。

「この町は、制限区域にとってあるべき姿を守っているだけですよ」と、ハロルドもパウチの封を切る。「折角なのですから、もう少しこののどかな風景を楽しんではいかがです？」

「この石器時代の景色のどこを楽しめって？」

「せいぜい青銅器時代では？」

「本音出てるよ」

「ここで張り込みましょう」ハロルドが、マーケットの建物を一瞥（いちべつ）する。「この町でただひとつの食料庫ですよ。ドローンも飛ばないような地域で、まさかECサイトを使って買い物をするとは思えませんから、リーが現れる可能性は十二分にあります」

そんなに上手（うま）くいくわけがない。そもそも、リーはカウトケイノでシェアカーを降りただけだ。今もここに留まり続けているのかどうかすら、定（さだ）かではないというのに。

にしても、車で十五時間以上も移動するのはさすがに堪える。エチカは泥のような体をシートに押しつけて——ハロルドを見やると、ゼリーのパウチに口をつけていた。

アミクスは人間同様、食品を経口摂取できる。とはいえ、彼らの動力源は循環液を利用した発電システムであり、食べ物からエネルギーを生成しているわけではない。あくまでも『人間らしさ』を体現する上でのオプションに過ぎず、口にした物は人工胃の中で分解消滅する。

「戻ったら、あたたかいボルシチが食べたいですね。このゼリーはまずすぎる」

「まずい？　五大栄養素が全部揃ってるし、一瞬で食事が終わる。便利だよ」

エチカがあっけらかんと言うと、ハロルドは分かりやすく眉をひそめた。

「電索官、ひょっとして充電ポートを隠していませんか？　初期型のアミクスのように」

「は？　きみこそおいしいだのまずいだの、もう少し機械らしくして」

ここまでの道のりで得られた確信が、ひとつだけある——彼とはどうあっても仲良くなれない。アミクスというのもそうだが、何より、あまりにも自分とは正反対過ぎる。

ともかく、とエチカは気を取り直す。次の策を練らなくてはいけなかった。ユア・フォルマを使って、今回の事件のデータを展開する。何か手がかりを見落としていないか。

ハロルドはといえば、マーケットを出入りする客をじっと観察している。リーが通りがかる確証でもあるのだろうか？　いっそそうであって欲しいが、あまり期待できない。

時間は刻々と流れ落ちていった。窓からじわじわと染み込んでくる冷気が、体の末端から熱を奪っていく。空は仄明るくなり、やがて徐々に萎み、町の灯がぽつぽつと目立ち始める。

すっかり匙を投げたエチカが、こっくりこっくりと舟を漕ぎ始めた頃。

「電索官、起きて下さい」

「んん、やだ……今日はもうぜったいベッドから出ない……むにゃ……」

「寝ぼけていますね？　リーを見つけましたよ」

何だって？　一瞬で目が覚める——フロントガラスの向こう。マーケットの入り口付近に駐車された青いジープが、視界に飛び込んできた。丁度、運転席のドアが閉じられたところだ。乗り込んだ人間の顔は見えなかった。

「あのジープです。正確にはリー本人ではなく、彼女を匿っているサーミ人ですが」

「どういうこと？」わけがわからない。「リーが匿われているなんて情報はどこにも……」

「間違いありません。私の目はご存知でしょう？　信じて下さい」

信じられるわけがない。ただ単に観察しただけで人種を見抜き、その上、自宅にリーを匿っているかどうかが分かるはずないだろう——だが論理的な否定を組み立てられるほど、頭が働いていない。そうこうしているうちに、ジープのテールランプが赤く光り、動き出す。

「尾けて下さい。それと、早急にその涎をお拭きになったほうがよろしいかと」

「涎じゃないそんなに熟睡してないし、いやそもそも熟睡しても涎なんて垂らさないし」

「電索官、ジープが行ってしまいますよ」

「ああもう分かってるよ！」もしもこれで見当違いだったら、あとで文句を言ってやる！

エチカはニーヴァを手動運転に切り替えて、アクセルを踏む。駐車場を後にしたジープを追いかけ、幹線道路へと滑り出す。だが自分たちの他に車はおらず、ついでに見通しがよすぎる。

「丸見えだ、これじゃ尾行にならない……」

「どうせ住民が使う道路は限られています、怪しまれることはありません」

エチカは呆れた。「このロシア丸出しの車でよく言うよ」

五キロほど走ったところで、不意にジープが減速する。まもなく、ウィンカーも出さずに左折していった。そのまま、一軒の民家の敷地へと入っていき、停車する。

エチカは敢えてジープが曲がった道を素通りし、数メートル先の路肩にニーヴァを停めた。

「降りてきた」ハロルドが呟く。アミクスは視力がいいのだ。「ほら、気付かれていませんよ」

エチカはダッシュボードの双眼鏡を手にし、ジープを眺める。暗視機能付きスコープのお陰で、はっきりと見て取れる――かなり若い娘だ、自分とそう変わらない。小柄で、栗色の髪を可愛らしく三つ編みにしている。大きく膨れあがった紙袋を、懸命に抱え上げようとしていた。

当然だが、ごく普通の女の子だ。リーを匿っているかどうかなんて分からない。

「で、何であの子だと思った？　リーのSNSに画像でも貼ってあったの？」

「いいえ。説明します、彼女をよく見て」ハロルドが促してくるので、エチカは渋々従う。

「手首に、ブレスレットをつけています。トナカイの角や腱、革にピューターを編み込んで作られたドゥオッチです。サーミ人の伝統工芸品ですよ」

「仮に彼女がサーミだとしても、サーミ全員がバイオハッカーというわけじゃない。ブレスレットひとつで、あの子がリーを匿っていると考えるのは飛躍してる」

「ですが彼女は、大量のインスタント食品を買い込んでいます。彼女以外に、そんな行動をしている客はいなかった。あえて生鮮食品を避けたのは、買い物に出かける回数を減らしたいと考えているからでは？　外に出て、人目に晒されたくない理由があるのです」

「いや……何でインスタント食品だって知ってるの？」

「紙袋の膨らみ方からして間違いありませんよ」

　でたらめだ――そう言おうとした時、双眼鏡越しの娘が、抱え上げた紙袋を盛大にひっくり返す。雪の上に散らばったのは、他でもないインスタント食品のパッケージだった。エチカは内心、舌を巻く。出会った時も思ったが、このアミクスには透視能力があるに違いない。

「何よりも、駐車場での彼女の様子です。辺りを異様に気にしながら、首許に手を当てていた。首に触れるのはストレスを宥めるための非言語行動ですが、慣れ親しんだ地元のスーパーマーケットを訪れるのに、何故負担を感じる必要が？」

「さあ……何か別のことを気にしていたとか？」

「そうです、彼女にはやましいことがある。買い物を終えて、車に荷物を載せる時も顕著でした。足先が不自然に開いて、爪先の片方がずっと駐車場の出口を向いていた。すぐにでも逃げ出したい心理状態を表しています。逃げたい理由は何です？」

　いちいち訊くな。「少なくとも万引きではないだろうね。そもそも小さな町だ、店員とも顔見知りのはず」

「ええその通り。彼女はリーを匿っていることを見抜かれないよう、警戒していただけだ」

「だから飛躍してる。第一、リーがバイオハッカーを頼ったかどうかもまだ……」

「電索官はバレエを見たことがないと仰いましたが」ハロルドはやんわりと遮り、「リーの踊りは完璧です。完璧過ぎて、動きと筋肉の付き方が見合っていない……もうお分かりですか？」

エチカは双眼鏡を下ろす――やっとこさ、先ほど抱いた疑問の答えを見つけ出していた。

「つまりリーは、とっくにバイオハッキングで不正をしている？」

「そうです。そして彼女こそが、リーを施術したバイオハッカーだ。だから匿っている」

確かにそれならば、辻褄が合う。

リーはもともと不正に体を改造し、バレリーナの卵となった。バイオハッキングはドーピングと同等に悪質な行為で、スポーツ界では厳しく規制されている。公になれば確実に、踊り手としての生命を絶たれるだろう。リーはハロルドの言う通り、ウイルス感染をバイオハッキングの不具合だと思い込んだ。だから医療機関に行くことを避け、再びバイオハッカーのサーミ人を頼ったのだ。

だが、まだ確証が得られたわけじゃない。アミクスの実力を認めたくないという馬鹿げたプライドが、そう思わせる。

「例えば、こうは考えられない？」エチカは無理矢理、推測を捻り出す。「あの子は最近、何かひどい目に遭った。いじめられるとか。そのせいで一時的な対人恐怖に陥っていて、地元のスーパーマーケットであっても人目を気にしてしまう。今は落ち込んでいて料理をするのも億劫だから、保存が利いて簡単に作れるインスタント食品を……ちょっと聞いてる？」

「聞いています。確かに、そうした可能性も十分に考えられますね」

ハロルドはバックミラーを覗き込み、髪を整えていた。急に何してるんだこいつ？

「答え合わせに行く前に、身だしなみを確かめておいたほうがいいかと思いまして」

「ああそう」機械に身だしなみも何もあるか。「そのわりに、後ろ髪が跳ねたままだけれど？」

エチカが刺々しく指摘すると、彼は目をしばたたいた後、当たり前のように微笑んでみせた。

「これはわざとです。隙を残しておいたほうが、可愛げがありますから」

あ、どうしよう殴りたい。

4

ニーヴァを降りると、儚い雪がちらつき始めていた。

娘の家は、古ぼけたロッジという表現がしっくりくる。三角屋根からは大量の氷柱が垂れ下がり、ビビットカラーの外壁は吹き付けた雪で凍っていた。エチカたちがサンデッキを上がり、玄関扉を何度かノックすると、ややあって先ほどの娘が姿を見せる。

「誰？　何の用です？」

彼女は分かりやすく警戒していた——近くで見ると、思いのほか綺麗な子だ。化粧気のない

顔と、揺るぎなく澄んだ緑の瞳。街で見かける作られた美しさではなく、誰も訪れない森の奥でひっそりと実を付ける果樹のように、凛(りん)とした匂いをまとっている。

「国際刑事警察機構(インターポール)電子犯罪捜査局です」エチカはＩＤカードを見せる。「捜査の関係で、この近辺の方にお話をうかがっているのですが、お時間をいただいても？」

「……何の捜査ですか？」

「詳しくは言えませんが、電子犯罪です。関係者がこのあたりに紛れ込んでいるようでして」

言葉を選んで説明すると、娘は迷ったのちに招き入れてくれた。ハロルドの言うようにやましいところがあれば、もう少し抵抗してもよさそうなものだが。それとも、突っぱねるほうが疑われると考えているのだろうか？　分からない。

　通されたリビングは、カントリー風の内装だった。暖炉の上には、銀糸を編み込んだブレスレット(ドゥオッチ)が並び、勧められたソファにもトナカイの毛皮が敷かれている。

　エチカは腰を下ろしながら訊(たず)ねる。「お名前は？」

「ビガです」娘は、運んできたトレーをテーブルに置いたところだった。「その、すみません、今はあたししかいなくて……父は山に行っていてしばらく帰らないんです。この時期は氷霧がしょっちゅう起こるせいで、トナカイの群れがばらけることが多いから」

　ハロルドの読み通り、やはりこの娘はサーミで間違いないようだ。エチカはつい、隣のアミクスを盗み見る——彼は視線に気付き、口の片端を上げてみせた。いっそ余裕すら感じられる。

「お父さんはトナカイの牧畜だけで生計を？　第一次産業の副業を持っていたりは？」

「持ちたくても持てないんです。最近は制限区域内でも、外部の業者がロボットを持って入ってくるから仕事が回ってこなくて……国の方針なので、どうしようもないんですけど」ビガはマグカップを、エチカの前へと押しやった。「どうぞ、よかったら」

カップの中身は、至って普通のコーヒーだ。艶やかな黒と、香ばしい香り。リーのＳＮＳで見かけたようなチーズは入っていない——客人には振る舞わない私的な飲み方なのか。なら、リーは単なる客じゃない？　ビガともっと近しい間柄ということ？

「あっ」

不意に、ビガが声を上げる。見ればハロルドにマグカップを渡そうとして、互いの手がぶつかったらしく、少量のコーヒーが零れたところだった。

「ごめんなさい、あたしってば……！」ビガは慌てた様子で、用意してあったタオルで彼の手を拭う。「端末にかかっていませんか？　濡れたら壊れちゃう」

「平気です、防水仕様なので」彼は手首のウェアラブル端末を一瞥し、「それに捜査局から支給されたサブの端末ですから、故障したところでユア・フォルマを使えば済みます」

ハロルドが遠回しに、自分はユア・フォルマを搭載した人間だと主張する——機械否定派で占められた制限区域では、確かに人のふりをしておいたほうが賢明だ。

だがわざわざそんな真似をせずとも、ビガは彼がアミクスとは気付いていなかった。アミクスどころかドローンもいない町で生まれ育てば、人間と区別がつかないのも無理はない。

「火傷は？　本当に何ともありません？」

「ええ」ハロルドは微笑み、ビガの手をそっと握る。おい。「ありがとう、優しいのですね」

ビガが、我に返ったように目を見開く。その頰が、みるみるうちに赤く染まっていく。

「んん」エチカは咳払いした。「ビガ、彼は大丈夫だから座って」

「あ、はい。すみません……」

彼女が、おずおずと向かいのソファに腰を下ろす——エチカはハロルドを横目で睨んだ。アミクスときたら、素知らぬ顔でコーヒーに口をつけている。全く、何のつもりだ？

「それで」エチカは軽く眉間を揉む。気を取り直そう。「幾つかお訊きしますが、学校は？」

「卒業しました、大学には行っていません」

「では、就職を？」

「はい。今日は休みですけど、週に何日かは郵便局で仕分けの手伝いを……」

「そう。この家には、ご家族の他に誰が出入りしています？」

「近所の人と、それから父の友人が」

「あなたの兄弟や友達は来ない？」

「兄弟はいないし、友達も来ません。皆、学校とか仕事とか、あと家の手伝いで忙しいので」

「なら、最近いじめられたこともありませんか？」

途端に、ビガが眉をひそめた。気にしたように、手首のドゥオッチをいじり始め――しまった。エチカが質問を間違えたことは確かだ。が、もはや遅い。

一瞬、空気が張り詰めて。

「素敵な模様ですね」

ハロルドが唐突に言う――彼の眼差しは、壁のタペストリーへと向けられていた。鮮やかな青と赤を基調に、トナカイの群れが織り込まれている。素敵なのかどうかエチカにはよく分からないが、助け船だったのは間違いない。

ビガが懐かしそうに目を細めた。「死んだ母が作ったんです」

「とてもお上手だ。あなた方の民族衣装と同じ色を使っているのですね？」

「え、どうして……」

「大学で、北欧の民族学を専攻していたのです」彼は実に柔らかな表情で、「捜査のためとはいえ、サーミの方にお会いできて光栄ですよ。とても嬉しい」

「えっと、その」ビガはまたしても赤面し、急に立ち上がる。「おかわり、持ってきますね」

彼女はそのまま逃げるように、リビングを出て行く。まだマグカップの中身はこれっぽっちも減っていないのに、だ。初々しいことこの上ない、などと微笑ましい気持ちではいられない。

暖炉の中で、一際大きく薪が爆ぜる。

「色々と言いたいけれど」エチカはじっとりと、ハロルドを見た。「一体どこの大学を出たの？」

「嘘も方便と言うでしょう」彼は真顔に戻っている。「まずは彼女の心を開かないと」

「開くどころか口説き落とそうとしてるでしょ。さっきのあれ、何？」

「どれです？」ハロルドは不可解そうに眉根を寄せる。とぼけるな。「それよりも、『最近いじめられたことはありませんか』？　戦慄しました、事情聴取が苦手ならそう仰って下さい」

エチカはぐうの音も出ない——自分はこれまで、電索の飛び抜けた能力だけでやってきている。対面でのコミュニケーションはいつだって補助官頼みで、苦手分野なのだ。

「今後、こういう場面はきみに任せたほうがよさそうだ」

「賢明なご判断に感謝します」

「ただ、ビガはリーを匿っているようには見えないし、バイオハッカーだとも思えない」

「何故です？　私をアミクスだと見破れなかったから？」

「そうじゃない。そもそもバイオハッカーの知識は、ガジェットとかサイボーグ技術に偏っている。ロボット工学には暗いよ」

「そう、ガジェットに対しては一定の知識がある」ハロルドは自らの手首を見下ろし、「先ほど、ビガはこれを端末だと見抜きました。機械否定派の知識は一般的に小型携帯電話機で止まっていますから、本来であれば、彼女にはただの腕時計にしか見えないはずです」

つい聞き流していたが、言われてみればそうだった。ビガはコーヒーを零して焦るあまり、うっかり端末だと言い当ててしまったわけか。確かに信憑性がある。

「でもそれなら、リーのことは？」

「もちろん匿っています。彼女がこうして席を立ったことが、その証拠ですよ」

「あれはきみが質の悪い笑顔を向けたせいでしょうが」

「質が悪いというのは？」白々しいことこの上ない。「彼女はどのみち、リビングを出るつもりでいたはずです。私たちからリーを逃がさなくてはなりませんから。今頃準備をしている」

「どうして分かる？」

「外に出て、裏口で待機してみて下さい。確証が得られますよ」

冗談だろと笑い飛ばしたいところだが、ハロルドの観察眼が侮れないことは事実だ。当然まだ認めたくない気持ちはあるのだが――エチカは渋々、ソファから立ち上がる。

「で。わたしが裏口に行くとして、きみはどうする」

「ここに残って、ビガから真実を聞き出します」

「妙な真似だけはしないで」

エチカはしっかりと念を押してから、家の外へ出た。途端に、痛いほどの寒さが押し寄せる。凍えながらデッキを降りて、裏手へと向かう。これで本当にリーが現れたら、いよいよハロルドの目とやらを受け入れなくてはならなくなりそうだ。

家の裏には、一台のスノーモービルがぽつんと置かれているだけだった。人影はなく、しんと深い静寂が行き渡っている。だが、どことなく違和感を覚え——気付く。スノーモービルには、一切雪が積もっていない。どこかのガレージから運び出してきたばかりなのだろうか。

エチカが近づいて確かめようとした、その時だった。

図ったかのように、裏口の扉が開く。

はじめ、現れたのはビガだと思った。シルエットがとてもよく似ていたのだ。その少女は、頭からすっぽりとポンチョのような外套をかぶっていた。周囲に目を配る様子もなく、急き立てられるような足取りでスノーモービルへと向かって行く——顔は見えない。

だが、ビガ以外の娘が家から出てくる理由など、ひとつしかない。

エチカは、ほとんど突き動かされるように駆け出していた。

「止まれ!」

スノーモービルにまたがった少女が、はっとしたように顔を上げる。初めて、こちらの存在に気が付いたらしかった。暗がりの中、消えかかった街路灯に照らし出される面差し。目が合う。データベースとの照合がおこなわれ、彼女のパーソナルデータがポップアップする。

全身の血が粟立った。

「クララ・リー!」

引き止める暇もない。

リーはスロットルを全開にし、スノーモービルを発進させた。飛沫のように雪が吹き上がり、エチカの視界を白く染める。最悪だ。とっさに払いのけて目を開けたが、スノーモービルは早くも遠ざかっていた。かなりの速度が出ている、徒歩では追いつけない。

「くそ……！」

やっと見つけたのだ、ここで逃がすわけにはいかない。

「電索官！」呼ばれて振り向けば、裏口からハロルドが身を乗り出している。「リーは！」

「逃した！」だが、路肩に置いてきたニーヴァまで戻る余裕はない。「ビガの車を借りて！」

エチカは怒鳴りながら、ユア・フォルマのマーカー機能を起動する。深い雪に、くっきりと残された轍が浮かび上がる。リーの足跡だ。頼みの綱に、しっかりとホロマーカーをつけておく。これで見失わない。

家の正面へと戻ると、停まっていたジープのクラクションが鳴った。ハロルドだ、早くも運転席に乗り込んでいる。ビガは見当たらないから、室内に籠もっているのだろう。どのみち、今の彼女に逃げ出す足はない。放っておいていい。

エチカは助手席に飛び乗り、すぐにドアを閉める。「マーカーをつけた。全速力だ、急いで」

「安全運転がポリシーなのですが」

ハロルドがアクセルを踏み込む。このオンボロジープは、何と自動運転機能を毟り取られていた。暖房の効きだけは褒めてやりたいが、よくこんな鉄の塊に乗っていられるな。

「それで、ビガは吐いたの？」

「もちろん」彼はあっさりと頷き、「リーは、ビガの従姉妹にあたるそうです。昔から姉妹のように仲が良く、今回も頼られたから家に泊めていたのだと言っています。まさかウイルスの仕業だとは思わなかった、幻覚はバイオハッキングの副作用だと思った、と」

リーを見つけた時から分かっていたことではあるが、つまり、ハロルドの読みは全て正しかったわけだ。いちいち驚くのはもう疲れたし、ここまでくると、アミクスの実力を認めたくないという自分のプライドすらも馬鹿らしく思えてくる。確かに、彼は捜査官だ。

結局、エチカはこう言うしかない。「あの一瞬で、よくそこまで聞き出せたね」

「ビガは純粋で情緒的な性格のようでしたから、異性として興味を持ってもらうのが手っ取り早いかと思いまして。上手くいきました」

ハロルドがいかにも人畜無害に微笑んでみせるので、エチカはげんなりとした顔を隠しきれない。なるほど、最初からそういう作戦だったわけか。やっとこさ理解した。

「つまりマグカップを渡してもらった時、コーヒーを零させたのはわざと？」

「ええ。バイオハッカーかどうかを確かめたかったですし、彼女の注意を惹きたかった」

「で、まんまと手を握った」

「身体的な接触は色々と意味がありますが、中でも精神的な距離を縮める効果があります」

何だか頭が痛い。「きみには、女心を弄ぶモジュールが搭載されているらしい」

「とんでもない、捜査のために必要なことをしたまでです」

「どこがだ、規則違反すれすれだよ。今度馬鹿な真似をしたら、トトキ課長に報告するから」

　間違いない。アミクスは理想的な友人だと言うが、こいつに関しては例外だ。

　リーの轍はうねりながら雪原を滑り、道なき道を南下していた。しばらく追いかけると、カウトケイノ川が見えてくる。凍結した川面を猛進する一台のスノーモービルを発見——リーだ。

　ハロルドがステアリングを器用にさばいて、川沿いへと車を寄せていく。だがこちらに気付いたリーは、ますます速度を押し上げた。あっという間に引き離される。何て荒技だ。

「彼女は感染してるはずでしょ、何であああも元気なんだ！」

「ビガ曰く、自前の抑制剤で体内の機械を全て停止させていると。バイオハッキングでトラブルが起きた際に使用するもので、正規の動作抑制剤よりも強力な効果が望めるそうです」

「闇医者は伊達じゃないってわけね」勘弁して欲しい。

「ただ、そろそろ追加投与しなければならない時間なのですが、私たちが訪ねたせいでそれができなかったとか」

「要するに、リーの抑制剤が切れるまで辛抱強く追いかけ続けろって？」

　不意に裂けるような風が吹き、雪煙がフロントガラスを覆った。エチカは身を引いたが、ハロルドは迷わず加速する。舞い上がった雪が窓にこびりつき——次に視界が晴れた時、ジープは川岸にぴったりと張り付いて、リーのスノーモービルと並走していた。

　今しかない。

「止まりなさい！」エチカはウィンドウを押し下げる。「電子犯罪捜査局だ！」

リーはもはや、顔を振り向けることすらない——エチカが脚の銃に手をやった、その時。

彼女の小柄な体が、芯を抜かれたようにぐらりと揺れる。ハンドルにしがみついていた手が剝がれ、そのままあっけなくシートから崩れ落ちて、

——待って。

リーの肢体は容赦なく叩きつけられ、無残に転がった。操縦者を失ったスノーモービルは尚も突き進んだが、程なくして横転し、劈くような悲鳴を上げる。

「ああ……」ハロルドが息を呑む。「何てことだ」

こんな風に追いかけるべきではなかった。今更そう気付くが、もはや手遅れだ。

エチカとハロルドはジープを降りて、仰向けに倒れているリーのもとへと駆けつけた。だが、彼女には既に意識がなかった。額の切り傷から、相当量の出血が見て取れる。

「低体温症の兆候が出ています、とっくに抑制剤が切れていたようですね」

「すぐに救急車を呼ぶ」

エチカはユア・フォルマを使ってコールしながら、苦いものを嚙みしめる——自分たちは明らかにやり方を間違えた。まさかリーが、そうまでして逃げようとするとは思わなかった。

通報を終えて振り向くと、ハロルドが川面に膝をついていた。彼はコートを脱ぎ、横たわる

リーの体に巻き付けている。しまいにはマフラーをほどいて、彼女の血を拭い始めるのだ。

「ちょっと」さすがに面食らう。「いくらきみが機械でも、循環液が凍って故障する」

「構いません。私は何度でも修理できますが、人間はそうはいかない」

ハロルドが極めて真剣だから、エチカはどうにも腹の底がざわざわしてくる——そうだ、アミクスというのはこういう奴らだった。敬愛規律に則して、人間をいたわるようにできている。

苛立ちを噛み殺す。まだ、仕事は終わっていない。

「ルークラフト補助官」エチカは手袋を外す。外気に触れた素肌が痺れたが、構わず二本のコードを取り出す。「救急隊員が到着する前に、リーの機憶を調べよう」

ハロルドが、耳を疑うように顔を上げる。

「何を言うのです、彼女は危険な状態だ」

「だとしても、電索で悪化させることはない」

「できる限り、リーの体を動かすべきではありません。心室細動を起こす可能性が……」

「そう。もしものことがあったらそれこそ困る」

ユア・フォルマは、謂わば脳と一体化している。そのため使用者の生命活動が止まると、ユア・フォルマもまた機能停止する。問題なのはその際、使用者のプライバシー保護を優先して、機憶を含むメモリ内のデータが自壊するようプログラムされていることだ。一度自壊すれば厄介極まりない。データの復元にはユア・フォルマの摘出が必要になるが、これにはどこの国でも法的拘束力がなく、遺族が反対すれば困難を極める。ああだこうだと揉め事になり、うっかりを装って遺体を埋葬されたことは過去に何度もあった。

　だから電索官ならば、今接続を試みるのは当然だ。少なくともエチカにとってはそうだったし、そうでなくてはならなかった。

「リーをうつ伏せにして」

　泣き叫ぶような風が、両足に絡みついて流れていく。

　ハロルドは、茫然とこちらを見上げていた。信じられない、とでも言いたげに。本当はそんなことなど欠片も思っていない、ただ感情エンジンの道徳的な反応に従っているだけのくせに。

　いい加減にして欲しい。

「ルークラフト補助官、わたしたちの仕事は何？」感情を抑えきれない声が、走り出る。「知覚犯罪の犯人を捜し出すことだよ、リーを介抱することじゃない。別に彼女を殺そうと言っているわけじゃないんだ、現に救急車は呼んだ。然るべき措置はとってる」

　ハロルドは黙っている。

「早く繋いで」

　エチカが〈命綱〉を差し出しても、彼は受け取ろうとしない。それどころか、守るようにリーの体に手を添える。向けられた眼差しは、どういうわけか哀れみの色を孕んでいた——やめろ。何でたかが機械に、そんな目で見られなきゃならない？

「電索官、冷静になって下さい」

「見ての通り冷静だよ」エチカは吐き捨てた。「捜査を妨害するの？」

「違います。ただ、物事には優先順位があるはずです」

「よく分かってるじゃない。だったらわたしを彼女に繋がせて」

「人命が最優先です、そうでしょう」

「この場でリーに潜れなかったら、捜査は後手に回る。彼女にもしものことがあったとして、きみはリーの遺族を説得できるの？」

「そんな話をしているんじゃない」

「そんな話だよこれは。どのみち、わたしたちには彼女を救えない」

しばし、まばたきもせずに睨み合う。

いつの間にか、雪が激しさを増している。涙のようにぼろぼろと降りしきっていて。

この機械は、こうやって正しく振る舞うのが得意なのだ。本当は空っぽなのに。敬愛規律が見せる、ただの幻想でしかないのに。

アミクスは、嫌いだ。

やがて、ハロルドが軽く唇を噛んだ。刺すような沈黙の末、彼は葛藤した様子で口を開く。

「分かりました。では……あまり動かさずに、仰向けのまま繋ぎましょう」

やっとか。エチカが〈探索コード〉を渡すと、ハロルドはリーの体を揺すらないよう気を付けながら、そうっと頭を浮かせてうなじに接続した。続けて〈命綱〉で互いを繋ぐ。

彼は浮かない様子だったが、エチカは構わなかった。何と思われようと、これでいい。

「始めよう」

お決まりの言葉を吐き出して、落ちていく。落下速度に任せて、まとわりつく苛立ちを振り払おうとして——何があっても、潜り始めれば気にならなくなる。そのはずだ。

リーの表層機憶をさらっていく。アカデミーのレッスン室が見える。掌に感じるバーの感触。レオタードをまとった級友たち——踊ることが好きだ。いつか必ずプリマになる。固い決心の片隅に、黒い影がこびりついている。目を背けたい何か。バイオハッキングの罪悪感だ。

珍しく、エチカの気分もざわつく。

黒い影は、いつでもリーについてくる。レッスンの最中も、友人たちと休日を過ごす時も。目に映るペテルブルクの街並みは、冷たい灰色だ。バレエ用品とガジェットの広告で溢れていて、古めかしいトウシューズと最新のスニーカーが交互に行き交う。まるで、隠し持った筋肉制御チップを嘲笑われているかのようで。影が、不安が、後ろめたさが膨らんで。

リーの感情に同調するな。いつものようにやり過ごせ。

表層機憶を突き抜ける。更に深い中層機憶へ。

ハロルドはまだ引き揚げない。逆流の気配に襲われるたび、どうにか舵を制御して。

不意に、見覚えのある建物が視界を掠めた。流線形の屋根に、巨大な球体モニュメントが飾り付けられている。事あるごとにニュース動画などで見かける、テクノロジー企業『リグシティ』の本社——リーは長期休暇中の八月に、両親とアメリカへ旅行に出かけたようだ。リグシティの見学ツアーに参加している。バイオハッキングを通じて、近代的なガジェットに興味を持ち始め、リグシティを訪れたらしい。

ふとエチカは引っかかりを覚え、すぐに気付く。

パリの感染源だったトマ・オジェも、リグシティの見学ツアーに参加していたはずだ。

5

リーを乗せた救急車の回転灯が、極夜の底へと遠ざかっていく。雪原を舐める青い光を眺めながら、エチカは電子煙草の煙を吐いた。気温は一層下がり、もはや寒いというより痛い。

救急隊員が持参した簡易診断ＡＩの見立てでは、リーは低体温症が悪化して意識を消失し、運転を誤ったようだった。その際に頭部を強打しており、脳挫傷の可能性もあるらしい。幸い命に関わるほど重篤な状態ではないようだが、感染者である彼女は、ユア・フォルマを通じて治療をおこなえない。だが、どうにか回復すると信じたい。

何よりもようやく、収穫があった。

「感染源の共通項は、リグシティの見学ツアーかも知れない」エチカは白い息とともに言い、

「パリのオジェは理系の学生で、テクノロジー企業に関心を持っていたところで何ら不思議じゃなかった。でもリーはバレリーナ志望だ、この共通点が偶然だとは思えない」

「ええ」ハロルドがやるせなさそうに答える。「ワシントン支局と連絡を取って、最初の事件の感染源が見学ツアーに参加していたかどうかを確認すべきでしょうね」

　彼は先ほどから姿勢を崩し、気落ちした様子でジープにもたれている。その腕にかかったコートとマフラーは、リーの血で濡れていた——このアミクスにとっては捜査の進展よりも、人間の負傷のほうが重要らしい。絵に描いたように倫理的な態度だ。何となく苛つく。

　それにしても。

「きみはどうして、見れば分かるんだ？」

　エチカが問いかけると、彼は沈んだ眼差しをこちらに向けた。

「過去に、優秀な刑事から指導を受けました。それだけです」

　指導を受けただけでそこまでの観察眼が身につくのなら、世の中のアミクスは全員天才だ。

トトキはハロルドを特別だと言っていた、恐らくそこに起因するのだろう。

「まるで現代のシャーロック・ホームズだね」

「『君は見ているが観察していない。その違いは明らかだ』」ハロルドはにこりともせずに引用し、ジープから体を離す。「ヒエダ電索官、読書がお好きですか？」

「最初、きみのことをR・ダニールだと思ったくらいには」

「アシモフですね。私は彼のように、宇宙市(スペース・タウン)から来たわけではありませんが」

「まだわたしと話す気があるらしい」どうにも、言わずにはいられなかった。「さっきのことで身に染(し)みたでしょう、きみとわたしが仲良くやっていくのは無理だ。でも、不仲なほうがむしろ上手(うま)くいくこともある。きっとそのうち分かる」

　ハロルドは納得すると思ったのに、どういうわけかため息を吐き出しただけだった。意味が分からない。しかもこちらが煙草(たばこ)を消すのを見計らって、ジープのドアを開けてくれる。むかつくほど紳士的な態度だ。まさか、この期に及んでまだ懲りていないのか？

「補助官、だからそういう余計な気を回すなと……」

「あなたは何故(なぜ)、自分を冷たい人間に見せようとするのです？」

　彼の視線が、刺すように食い込む。

　エチカはつい、睨(にら)み返してしまって。

「何の話？」

「分かっていますよ」ハロルドは無表情だった。「あなたはどうにかリーに繫(つな)ごうと必死だった。でも、自分が罪悪感で泣き出しそうな顔をしていたことには気付いていない。どうしてそうまでして、感情を押し隠そうとするのです？」

「寒さで視覚デバイスがいかれたの？」エチカは言い捨てて、ジープへと歩き出す。「ビガのところへ戻ろう。わたしが運転する」

「いいえ、今のあなたにステアリングを握らせたくない」

何なんだ——見透かされているかのようで腹が立つ。何も知らないくせに。

「いい？　わたしは何とも思っていない、全部きみの勘違いだ」

ハロルドの親切を無視して、無理矢理ジープの運転席へと体をねじ込む。彼は物言いたげだったが、結局は大人しく助手席に乗り込んできた。二人きりの車内は、外よりもずっと寒い。

別に、冷たく見せようとしているわけじゃない。自分はただ、やるべき仕事をしただけだ。

こんな機械に、心に入り込まれたくない。

第二章――散らばったままのキャンディ

1

まだ覚えている。柔らかな春の匂いを胸一杯に吸い込んでも、緊張が消えなかった。

「はじめまして、おとうさん」

マンションの共用廊下には、どこからか運ばれてきた桜の花びらが吹き溜まっている。五歳のエチカは、身の丈とあまり変わらないリュックを背負い、目の前の大きな玄関扉を見上げた
——隙間から顔を出しているのは、エチカの父親だった。会うのは、今日が初めてだ。

「いいや、新生児室で会った」父はにこりともしない。「お母さんは誰と再婚した？」

エチカはうつむいて、黙りこくる。母はヒステリックに喚き散らしてばかりだったが、時々優しくしてくれた。彼女を連れて行ったのは、とても若い男の人だ。名前すら知らない。

「質問を変える。その怪我は？」

父の目線が、エチカの頰や膝の絆創膏に注がれる。何だか怒られているような気がして、手で隠そうとしたけれど、全部は隠しきれない。

「これは……その、ころんだだけ」

「いいかエチカ。恐らく、父さんもお前を大事にできない」

だから一緒に住む前に約束して欲しいことがある、と父は言った。

「父さんの機械でいなさい。父さんがいいというまで話しかけたり、物を欲しがったり、感情を露わにして騒いだりしないこと」

エチカは頷く。頷くしかなかった。これからきっと幸せではない日々が始まるのだという予感があって、でもそれはもうずっと以前からのことで。結局、どこへ行っても特に何も変わらず、ただ自分はどうしてか誰からも大切にされないのだ。それだけを、理解する。

父はエチカを、家の中へと招き入れた。玄関は、清潔を通り越していっそ潔癖に感じられるほど片付いている。憂鬱な気持ちで靴を脱いでいると、女の人が姿を見せた。

「スミカだ。今日からお前の面倒を見てくれる」

スミカは、母と同年代に見えた。そつなく整った顔立ちと、丁寧に編み込まれた黒い髪。目を焼くほどに青いワンピースが、細い体軀にまとわりついている。綺麗な人だな、と思った。

「初めまして、エチカさん」

スミカが微笑み、手を差し出してくる。エチカは求められるがままに、握手に応じた。すらりとした手から伝わる体温は、少し低い。ようやく気付く──スミカは、アミクスだった。

「それとエチカ、お前には姉さんができる。もうすぐ会えるぞ」

「え？」

エチカは目を見開く──父の一言には、新しい生活への不安やスミカへの戸惑いを打ち消すだけの魔法が灯っていた。鉛のようだった心が、ぴょこんと軽く飛び跳ねて。

これまで独りぼっちだった自分に、姉ができる。

*

冬のカリフォルニアは、湿り気を帯びた空気と曖昧な寒さに包まれている。

エチカとハロルドを乗せたタクシーは、サンフランシスコ湾に沿ってフリーウェイを走行していた。街並みは密集した摩天楼の背比べで、羽虫の大群のようにドローンが飛び交っている。あの真下にいれば、きっと空は常に灰色だろう。星も見えないに違いない。

「リグシティに着いたら、まずは電索だ」エチカは言った。「幸い、協力してくれる社員が何人かいるらしい。それが終わったら……ルークラフト補助官？」

隣のハロルドは、緩く腕を組んだままうつむいている。今日の彼は厚手のセーターだが、どう見ても支局から支給されるアミクス用のそれではない。一体どこで手に入れたのだろう――いやまあ、さておき。

カリフォルニアへ飛ぶことが決まったのは、ビガの家からペテルブルクへと舞い戻る道中でのことだった。無事にワシントン支局の電索官と連絡がついたのだが、

『こっちの感染源もリグシティの見学ツアーに参加していたよ。七月の独立記念日から何日間か休暇を取って、カリフォルニアを旅行している』

やはり感染源の共通点は、リグシティの見学ツアーである可能性が高い。

エチカはすぐさまトトキ課長に連絡して、リグシティでの捜査を取り付けた。合計で三十時間ほど車に揺られたばかりだが、今度は丸一日フライトだ。これがビジネスならホロ電話で済ませられるものの、電索となればそうはいかない。

『ウイルスの特徴を考えても、犯人は高度な技術の持ち主でしょうね』ホロブラウザ越しのトトキは、相変わらずの鉄仮面で言い、『その点、リグシティのプログラマは世界中から集められた精鋭揃いだし、犯人が紛れていても不思議じゃないわ。あるいは複数犯かも知れない』

「ええ、あらゆる可能性を考慮します」

『状況は悪化している。でも、リグシティという共通点が見つかったのはせめてもの希望よ』

曰く、エチカたちがリーを追っている間に、実に四カ国もの主要都市で新たなウイルス感染が確認されていた。香港、ミュンヘン、メルボルン、そしてトロント……何れも支局の電索官たちが感染源の特定を急いでいるが、遅々として進まないらしい。エチカのように並列処理ができる電索官はほとんどいない、捜査が後手に回るのは致し方なかった。

『だからこそ、あなたには期待しているわ。ヒエダ電索官』

「何かしらの手がかりを見つけてみせます」

エチカはそう言いつつも、内心、苦いものを呑み込まずにはいられない。

正直なところ、リグシティの名前を聞くだけでも恐ろしく気が重かった。

「ところで課長。ルークラフト補助官も、わたしと一緒にリグシティへ？」

『もちろん。ヒエダの所有物という扱いで運んでもらうわ』

これまで黙っていたハロルドが、にわかに眉をひそめる。「つまり、私は貨物室ですか？」

『貨物室？　航空機には、アミクス専用のコンパートメントがあるでしょう』

「知っています。立ったまま狭くて暗い閉所に押し込められますので、貨物室同然です」

『諦めてちょうだい。友人派がどれほど増えても、アミクスは国際基準ではまだ物なのよ』

「しかし……どうか、人間と同じファーストクラスにしていただけないでしょうか」

「は？」エチカは思わず声を上げる。「わたしだってそんなにいい席には乗れないんだけど？」

『ちゃんとウイルスの解析結果と、社員のパーソナルデータをもらってくること。いいわね』

そうしてトトキは取り付く島もなく通話を終了し、あとには、絶望的な面持ちのハロルドだけが残されたのだった。

斯くしてエチカたちはカリフォルニアに到着し、タクシーでリグシティへと向かっている
——わけなのだが。

「ルークラフト補助官、いい加減起きて」

飛行機を降りてからというもの、ハロルドはうつむいたままで、一向に喋ろうとしない。よほど貨物室が不快だったのだろうが、故障を疑いたくなるほどぴくりとも動かないのだ。

「ちょっと？」エチカはそうっと、彼の顔を覗き込む。うわ、目が開いてる。せめてまばたき

してくれ気持ち悪い。「何なの、まさかどこかに不具合でも……」

「おはようございます、ヒエダ電索官」

「ひっ」

ハロルドが突如、スイッチが入ったように姿勢を正す——エチカは思わず、ウィンドウに頭を打ち付けそうなほど身を引いてしまった。

「おや」彼はけろりとした表情だ。「どうされました？」

「こっちの台詞だ！」危うく心臓が止まるところだった。「あんまり驚かせないで！」

「すみません。貨物室があまりに苦痛だったので、あらゆる思考をオフにしていました」

「はあ」何だそれは。「要するに……起きながら寝ていたということ？」

「分かりやすい例えです」

「きみは自分の足で飛行機から降りて、このタクシーに乗った。まるで夢遊病だね」

エチカが皮肉っても、ハロルドは微笑んでみせただけだ——ともあれ、実際に故障していなくてよかった。万が一にもそんなことが起これば、捜査に大きく影響する。それだけは勘弁だ。

やがてタクシーはフリーウェイを離れ、リグシティ本社へと続くゲートをくぐった。ここの敷地の広大さはネットで見て知っていたが、いざ目の当たりにすると嫌でも圧倒される。複合スポーツ施設やゴルフ場、ビーチまでもが併設され、まるでちょっとしたリゾート地だ。

リグシティは、ここシリコンバレーに本社を置く多国籍テクノロジー企業である。彼らはパンデミック当時、ニューラル・セーフティの開発機関を買収し、その巨大資本で生産工場と流通経路の拡大に貢献した。のちにユア・フォルマを生んだのも、他ならぬリグシティだ。加えて、今日のあらゆるインターネットサービスを提供しているのもまた、彼らだった。

大袈裟でなく、リグシティは地球上におけるテクノロジー技術の牽引者と言えるだろう。

本社前のロータリーでタクシーを降りると、スーツを身につけた女性アミクスが出迎えた。

「お待ちしておりました、ヒエダ電索官。ルークラフト補助官」アミクスは綺麗な歯を見せて、

「お客様のご案内を担当している、アンと申します」

エチカは頷きながら、それとなく本社の建物を仰ぐ。オジェやリーの機憶で見た流線形の屋根に、球体モニュメントが燦然と輝いていた——ああ、本当に来てしまった。

リグシティを訪れるのは初めてだが、実のところ、この企業にはあまりいい思い出がない。

「どうされました？」

不意にハロルドに問いかけられ、ぎくりとする——しかし彼が訊ねた相手は、エチカではなくアンだった。彼女はどういうわけか、じっとハロルドを見つめていたのだ。

「いいえ」アンは機械らしい、完璧な笑顔を作る。「ご案内します、どうぞ」

二人は、アンに連れられて本社に入った。だだっ広いエントランスには、会社のロゴマークが彫刻として飾られている。行き交う社員らは一様にリラックスした服装で、アミクスもちらほらと混じっていた。皆、アンとすれ違う度、気さくに声をかけていく。

「アン」ハロルドが話しかける。「君は随分と顔が広いのですね」

「私の顔が広いのではなく、皆さんがアミクスに対して好意的なのです。社内だけでなく、大半の市民がそうです。多くの人が、私たちに休暇を与えたいとすら考えています」

「え？」エチカはつい、変な声が出てしまった。「休暇？」

「はい。カリフォルニア州は議員にも友人派が多く、議会はアミクスの基本的な人権を保障するべきだと考えています。休暇は間違いなく、近い将来に実現するでしょう」

何だって——エチカにとっては初耳だった。恐ろしい、時代はそこまで進んでいるわけか。

一方、ハロルドは予めこのことを知っていたらしく、特段驚いた様子はない。

「さすがはシリコンバレーのお膝元ですね、私も移住を考えたほうがよさそうだ」

アンが首を傾げる。「私は休みたいとは思いませんが、あなたはそうではないのですか？」

「ええ、休暇は大切です。アン、もしも私が引っ越した時のために、連絡先を教えていただいても？」

いや待って何を言い出すんだ？

エチカはハロルドの脇腹を小突いたのだが、彼は素知らぬ顔だ。百歩譲ってビガの件は大目に見るとしても、アンと親しくなる理由がどこにある？　そもそもアミクス同士の会話は、あくまでも人間らしさを形作る上での『ハリボテ』のはずじゃないか。

アンはハロルドの言葉をどこまで理解しているのか、微笑んだまま言った。「私は端末を所持していませんので、事務所に連絡して呼び出して下さい。きっとお役に立てるでしょう」

「ありがとうございます、アン。そうさせてもらいますよ」

「ルークラフト補助官」エチカは小声でたしなめる。「捜査官としての規範を守って」

「もちろんです」嘘だ、絶対に分かっていない。

そうこうしているうちに、仮眠室へと辿り着く。中では、電索に協力してくれるという四人の社員が待っていた。彼らはまだ若く、何れも同じチームで働くプログラマだという。

当然、リーを含む感染源と接触したのは、この四人だけではない。だが他の社員は電索を拒み、事情聴取にのみ協力することになっていた。何せ電索は捜査以前に、プライバシーを暴き出す行為だ。煙たがる人々がいることは珍しくなく、何より令状が下りた容疑者でもない限り、法的拘束力はない。

幸いこの四人に、そうした抵抗感はないようだった。

「むしろ、電索に興味があって」「実際に機憶を覗かれたらどんな気分なのかなと」「眠ってるだけで何も感じないって本当ですか？」「他人の感情にうっかり引きずり込まれたりします？」

矢継ぎ早な質問に、ユア・フォルマの担い手としての好奇心が垣間見える。だが今日ここへ来たのは、彼らに電索の体験を紐解くためではない。

「ご協力に感謝します。同意書にサインをしてから、ベッドで横になって下さい」

エチカが素っ気なくそう言うと、四人はどこかがっかりしたように顔を見合わせ、大人しく従った。まもなく看護アミクスが現れ――地元の病院から派遣され、社内の医務室に常駐しているらしい――四人の腕に、鎮静剤を注射していく。対象者の意識レベルが低下しているほうが、よりクリアな電索がおこなえるため、鎮静剤は欠かせないのだ。

彼らの機憶から、感染源とウイルスの感染経路を結ぶ手がかりが見つかるといいのだが。

全員が眠りに落ちたのを確かめてから、エチカはいつも通りトライアングル接続を作り、

「ルークラフト補助官、準備はできて……」

つい言葉が途切れる。ハロルドは丁度耳をずらして、接続ポートに〈命綱〉を挿し込んだところだった。何度見ても慣れない光景だ――ふと、互いの目が合う。

「何です、電索官？」

「いや」エチカは苦々しさを隠せない。「今更だけど、他にマシな場所はなかったの？」

「ああ、私の耳がずれるのは不気味ですか？」

「当たり前だ」

「なるほど」彼は何故か楽しげに微笑み、「折角ですから、もっとよくご覧になっては？」

「やめてこれ以上近づくなもう始めるから！」

ハロルドが顔を寄せようとするものだから、エチカは逃げるように電子の海へと落下していく――全く、彼には本当に敬愛規律が入っているのか？　いちいち人間をからかいすぎだ。

切り替えなくては。

四人の表層機憶がぶわっと花開く。見学ツアーの機憶まで遡ろう。彼らのリグシティでの日常とすれ違う。プログラミング言語が軽やかに描かれていく。オーナメントを煌めかせるクリスマスツリー。つい見とれてしまう。億劫な気分が割って入った。定期メンタル検査だ。うなじにHSBを挿し込んで——だが四人の機憶に含まれる感情は、何れも安定している。怒りや悲しみはほとんど記録されていない。あるのは仕事への熱意や希望、余裕——バランスの取れた精神状態の持ち主は、大手企業の社員に多い。多くがメンタルケアに予算を割いているため、ストレスなく仕事に取り組める環境が整っていて、社員同士のトラブルも少ないと聞く。

求めている機憶はまだ見えない。落下速度が上がっていき——ふと、じくじくと膿むような悪感情とすれ違う。何だ。目を留める。どこかのバーだろうか。大勢の社員が集まり、酒を酌み交わしている。送別会のように思われた。『またなソーク』『元気で』『明日から寂しいよ』そんなやりとりの中心に、一人のロシア系男性が見える。彼がソークか——何だ？

この機憶の中でのみ、四人の感情が、腹の底を踏み荒らすような嫌悪を示している。

だからエチカは、つい見入ってしまう。四人のソークに対する態度は嫌悪とは程遠く、むしろ親友との別れを惜しむかのようで、ちぐはぐだ。言葉と本心が一致しないことは誰にでもあるが——これまでの感情が安定していただけに、揃いも揃って特定の人物を嫌っていることが、奇妙な違和感を生んでいる。しかし、感染源とはまるで無関係な機憶だ。事件と結びつけるのは難しい——ソークはビールを呷り、楽しげにプログラミングの話をする。喧騒が波のように押し寄せている。軽やかなジャズミュージック――マトイ、と誰かが言ったのが聞き取れた。

『あの頃はマトイを作っていてさ』その先は埋もれてしまって。

　ぞっと、背筋が粟立つ。

『はじめまして、おとうさん』

　逆流の兆候。落ち着け。抑えろ。触れる先を間違えるな――エチカはどうにか思考を絞る。マトイ。その音を、耳の中から追い出したくて。でも剝がれないまま。

　辿り着いた見学ツアーの機憶を、順番に漁っていく。まずはオジェ、続いてリー、最後にワシントンの感染源――四人と一緒に、ソークもまた感染源たちを接待していたことが分かり、やや驚いた。彼はプログラミングに関する最新技術を、誇らしげに語っている。こちらの機憶には、先ほどのような嫌悪は一切含まれていない――少し引っかかる。

　そうした点を除けば、あとはどこまでも平凡な見学ツアーだ。

　ウイルスの感染経路や犯人への手がかりは、どこにも転がっていない。

『マトイ』

　またその名前が息づく。ああ、もうやめろ。振り切れ。

「――ヒエダ電索官？」

　引き揚げられた時、頭の中がひどくふやけていた。ほんのわずかに呼吸が浅くなっている。

　エチカは、仮眠室の乾いた匂いをどうにか吸い込んで――ハロルドが、気遣わしげにこちらを見ていることに気付く。動揺を悟られたくなくて、なるべく冷静に〈命綱〉を抜いた。

「収穫なしだ」声がざらざらに掠れている。「おかしな点が、何一つない」

「ええ、あまりにも平和な機憶でした。どこかに見落としがあるのでしょうか」

「有り得ないよ」エチカは髪をかき混ぜ、「予定通り、きみは他の接触者の事情聴取に回って。わたしは、全社員のパーソナルデータとウイルスの解析結果を受け取りに行く」

「分かりました」ハロルドは頷くが、心配そうな表情を崩さない。「顔色が優れませんが、少し休まれたほうがいいのでは？」

「平気だ。それと聴取の時、ソークという社員についても詳しく聞いておいて」

「彼らと一緒にいた、あのロシア系男性ですね。事件と繋がりはないように思えますが」

「わたしも同意見、ただ少し気になる……それじゃ、またあとで」

彼はまだ何か言いたげだったが、エチカは目も合わせずに仮眠室を出る。気付かれる前に、早く一人になりたい。マトイ。マトイ。マトイ。頭の中でまだ、それが響いている。

ああ――これだから、リグシティには来たくなかったのだ。

2

　一階の南側を占めるラウンジは、各々（おのおの）の仕事を持ち寄った社員たちで賑（にぎ）わっていた。

　エチカは一人でソファに身を沈め、電子煙草（たばこ）の煙を吐き出す。オゾン発生器が設置されているためか、冷たいミントの香りはすぐに溶けていき、わずかも残らない——ようやく気分が落ち着いてきた。電索であれほど動揺したのは、一体いつぶりだろう。新人の頃、初めて殺人犯の機憶を見た時は食事が喉を通らなかったが、それ以来かも知れない。

　今は別に、人殺しの場面を見せられたわけでもないのに。

　情けない話だ。

　エチカは大きく息を吐き、煙草（たばこ）を消した。ラウンジを見回す。仮眠室を出たあと、アンからここで待つようにと言われたのだが、誰も現れる気配がない。

　更に、五分ほどが過ぎただろうか。

「ヒエダ電索官ですね？　お待たせいたしました」

　不意に声をかけられて、エチカは顔を上げる——ハロルドが目の前に立っていた。それもいつになく硬い表情で、ぴんと背筋を伸ばしているではないか。

「もう聴取が終わったの？　やけに早い……」

はたとした。よく見ると、彼はセーターではなく、身綺麗なワイシャツにベストを身につけている。胸元に吊り下げられた、アミクス用の社員証が見えた。スティーブ・H・ホイートストン――これはハロルドじゃない。

彼と同じ外見で製造された、別の個体だ。

どうなっている。エチカは驚きを禁じ得ない。アミクスの外見が唯一無二でないことは知っていたが、まさかハロルドの同型が存在するとは。彼はカスタマイズモデルじゃなかったのか？

「その……」どうにか言う。「失礼、人違いを」

「お気になさらずに」スティーブはにこりともしない。「我が社の相談役が、直接ウイルスの解析結果についてお話したいとのことです。ご案内します」

「相談役？」

多忙なCEOからは事前にビデオメッセを受け取っているし、ここにきてわざわざ相談役が出てくることもないだろう。だがエチカがそう言うよりも先に、スティーブは歩き出してしまう。憂鬱だったが、こうなってはついていくしかなかった。

二人はエレベーターホールから、一際装飾が派手な一基に乗り込んだ。ドアが閉じると、じっとりとした沈黙が満ちる――スティーブは、恐ろしいまでの仏頂面だった。ハロルドと全く同じ顔でそんな表情をされると、妙に息が詰まる。アミクスは人間に愛想を振りまくのが一

般的だが、彼は違うらしい。態度こそ丁寧なものの、機械の鑑と言っていいほど表情がない。

などと考えていたら、

「ヒエダ電索官」不意に、スティーブが口を開く。「あなたの相棒は、私と同じモデルですね」

相手はアミクスだ、普段ならばまず無視する。が、さすがにここでだんまりを押し通せるほど、エチカも無関心ではいられない。

「ひょっとして、ルークラフト補助官に会った？」

「正しくは通路で見かけました、向こうは私に気付いていなかったが」スティーブはひどく淡々とした口調で、「ハロルドがまだ機能しているとは知りませんでしたので、驚いています」

エチカは戸惑う。「彼のことを知っているの？」

「ええ。昔、一緒に働いていましたので」

「一緒に？　リグシティで？」

「いいえ」彼はそう答えただけで、言及しようとしない。「あれは、あなたにご面倒をかけていませんか」

「補助官は優秀だ」あの観察眼は実際すごい。だが。「……もしかしてきみも、わたしを見ただけでプライベートなことが分かるし、女性を掌で転がすのが得意だったりする？」

「私があなたに抱いた印象は『黒ずくめで近寄りがたい』くらいで、プライベートなことは一切分かりません。そして人間の女性を転がせるほど、私の掌は大きくありません」

ハロルドと正反対すぎやしないか？　とても同規格のモデルとは思えない。

「ハロルドが、あなたにご迷惑をおかけしていることは分かりました。申し訳ありません」

そうこうしているうちに、エレベーターが最上階に到着する。磨き上げられた大理石の床と、中世の教会を思わせる観音開きの扉が待ち構えていた。ここはファンタジー映画の中か。エチカはげんなりとする。金を持っている会社というのは、これだから嫌だ。

「失礼します、電子犯罪捜査局のヒエダ電索官をお連れしました」

スティーブがそう告げると、ドアが自動で内側へと開かれる。広がった光景に、ますます眉をひそめるしかない——そこは部屋というよりも、温室と称して差し支えなかった。吹き抜けの天井めがけて、原始的なフォルムの亜熱帯植物が生い茂っている。どれも鮮やかな花をびっしりとつけたレプリカだ。木の上には、白頭鷲(わし)を模したドローンまで留まっている。

「ここは一体何？」

「客間です。ソファにお掛け下さい、飲み物をお持ちします」

「どうも」こんな客間があってたまるか。「その、今更だけどきみは要するに……」

「相談役の秘書を務めています」

スティーブはそれだけを言い残し、さっさと植物の奥に姿を消す。あの先にアマゾン川が流れていても驚かない。あらゆるセンスが独特すぎて、酔いそうだ。

エチカはひとまず、大人しく革張りのソファに腰を下ろしたのだが、

「やあ。久しぶりだな、エチカ」

いきなり響いた声に、呼吸が止まる。

気付けば向かいのソファに、一人の日本人が座っていた。やや小柄な中年の男性だ。彫りの深い顔立ちは、エチカとはあまり似ていない。大人しくまとまった髪に、毎朝ワックスを揉み込んでいたことをよく覚えている。清々しいブルーのシャツが似合っていて。

父だった。

エチカはまばたきもできない――そんな。有り得ない。だってあの人は、もう。

ふっと父が相好を崩し、

「初対面の相手を驚かすのが好きでね。よく悪趣味だと言われる」

その姿が瞬く間に溶け落ちる――中から現れたのは、白髪がよく似合う初老の男だった。アーモンドのように丸い瞳は若々しく輝き、人懐こそうな風貌はどこにも嫌味がない。

「ようこそ、ヒエダ電索官。相談役のテイラーだ」

イライアス・テイラー。ユア・フォルマの開発を主導した希代のテクノロジー革命家でありながら、メディアの前に姿を現さない引きこもり――スティーブが相談役のもとへ案内すると言うから、もしやとは思ったが、まさか本当にテイラーに会わされるとは。

エチカは辛うじて冷静に言った。「失礼ですが、今のは……」

「投影型の最新ホロモデルだよ。まだ公にしてはいないが、社内で開発中でね。今こうして君と話している私自身も、ホロに過ぎない」テイラーが白頭鷲を見やる。どうやらあれが、ホロ投影用のレーザードローンらしい。「なにぶん闘病中なので、他人との接触を避けている……と言いたいところだが、私は病気になる前からずっとこうだ。人と直接会うのが好きじゃない」

テイラーが末期の膵臓癌であることは、以前にニュース記事を読んで知っていた。彼の余命はあと一ヶ月ほどらしいが、本人の意思で治療を放棄し、ターミナルケアに入っている。それも病院ではなく、彼がこれまで生活してきた本社最上階の自宅――つまりはここで、だ。

「電子犯罪捜査局のヒエダです、捜査にご協力いただき感謝します」何とか気分を落ち着けながら、白頭鷲を一瞥する。「その……どうやって、わたしの父のホロモデルを？」

「うちの監視カメラのスキャンを基にして作った。本物みたいだろう？」

「ええ」少なくともテイラーに、常識的な配慮は望めないことが分かった。

「君の父親とは友人だった。私はこの通り引きこもりだから、チカサト・ヒエダと直接会ったことはないが、電話ではよく話したよ。彼は優秀かつ貪欲なプログラマでね、お陰でユア・フォルマの完成が年単位で縮まったほどだ」

やはりそういう話題になるのか――胃が潰れそうになるのを堪える。

エチカの父であるチカサト・ヒエダは、一時だが、リグシティに勤めていたことがある。

だが正直、あの男のことはなるべく思い出したくない。

「テイラーさん。既にお訊きになっているかと思いますが、本日は……」

「パーソナルデータとウイルスの解析結果だろう？　今、スティーブが持ってくるよ」

その言葉を待っていたかのように、スティーブが紅茶とともに戻ってきた。彼は慣れた手つきでソーサーとカップを並べると、ＨＳＢメモリをそっと置く。

「退職者を含む全社員のパーソナルデータと、ウイルスの詳細な解析結果です。恐れ入りますが、この場でコピーしてお持ち帰りいただけますか。本来は社外秘でして、二次コピーができないようセキュリティをかけてありますので」

「分かった」エチカは頷き、ＨＳＢをうなじのポートに挿し込む。ファイルのコピーが始まったのを確かめてから、テイラーを見た。「それでウイルスについてですが、幻覚と身体症状の関連性は解明されましたか？」

「解明されました」答えたのはスティーブだ。「ウイルスは、ユア・フォルマが脳に直接伝える信号を介し、視床下部の体温調節中枢に働きかけています。ですから仕組みとしては、吹雪の幻覚によって低体温症が起こるのではなく、幻覚を見せられる一方で体温調節中枢に干渉されるがために、低体温症が引き起こされていることになります」

確かに、ブアメードの実験よりは尤もらしい説明だ。ただ、ひとつ気になったのは。

「スティーブ、あなたは秘書なんでしょう？　まさか分析チームの一員でもある？」

「スティーブは秘書と言いたがるが、私に秘書はいない」テイラーが笑う。「彼は私の世話係であり、リグシティのエンジニアでプログラマ、ついでにモデラーだ。よろず屋とも言える」

　スティーブもまた、ハロルドと同じく優秀ということか。

「我々の解析では」とスティーブ。「ウイルスは偏執的な精密さを持っていますから、その道の人間にしか作れないでしょう。こちらでもユア・フォルマの脆弱性の修正に取り組んでいますが、恐らく実装したところで鼬ごっこになります。一刻も早く犯人を見つけていただきたい」

「もちろん努力する」

「お願いします。ではミスタ・テイラー、何かありましたらまたお呼び下さいますよう」

　スティーブはきびすを返し、再び植物の奥へと消えていく。さながら執事だ。

「いい子だろう？」テイラーが目を細める。「彼は、自分からここにやってきたんだ」

「……どういうことですか？」

「逃げ出してきたらしい。希少なモデルであることを理由に、転売を繰り返されていたそうでね。アミクスの個人間での取引は禁じられているが、裏を掻く輩も多い」

「知っています」カスタマイズ仕様の高価なアミクスは、高値で闇取引されることがある。場合によっては、国際規模で不正流通することさえあった。ただ。「その、スティーブはリグシティに来るよりも前に、どこかで働いていたことがあるようでしたが」

　テイラーは微笑みを崩さない。「やめておこう、彼が嫌がる。あまり、人に知られたいと思っていないようでね」

エチカは眉をひそめる。テイラーは友人派なのだろうか？　仮にアミクスが嫌がったとしても、それすら『人間らしさ』の一環に過ぎないだろうに――いやそもそも、スティーブとハロルドが以前一緒に働いていたとして、だから何だ？　仕事には一切関係がないじゃないか。

どうにも調子が狂うのは、このリグシティという場所のせいか。

ファイルのコピーが完了する。エチカはＨＳＢを引き抜き、テーブルに置いた。

「お体が優れないのに、貴重なお時間をいただいてすみませんでした」やるべきことは果たした。さっさとこの場を離れたくて、強引に話を終わらせる。「では、わたしはこれで……」

「待ちたまえ。そう急ぐこともないだろう」

エチカは浮かせた腰を、ソファに沈めざるを得なくなる――テイラーが、チカサトの娘である自分に関心を寄せるのは分かっている。だからこそ、早くここを出て行きたかったのに。

「初対面の相手に、必ず訊ねていることが幾つかあってね。大抵の人間は、つまらない雑談を重ねて相手を知るようだが、私はもっと効率的にやりたいんだ」テイラーはゆっくりと立ち上がり、「君も、よければ答えてくれないだろうか？　まずは一問目から」

物腰こそ柔らかいものの、彼には有無を言わせぬ何かがあった。エチカは、苛立ちが顔に出ないよう苦労する。今すぐに立ち去りたいが、テイラーは捜査の協力者だ。邪険にはできない。

「パンデミック後の世代である君が、ユア・フォルマを搭載しようと思った理由は？」

「はあ」まるで入社面接みたいな質問だな。「今の時代、ユア・フォルマなしに生活するのは難しいですから。ラッダイトとして生きていくのなら話は別ですが……」

「二問目、君がそれを頭に入れたのは？」

「五歳の時です。日本では、五歳からユア・フォルマの手術が受けられますので」

「だとしても、五歳を迎えて早々に手術を受けさせる親はあまりいないがね。三問目だ。今の職業……電索官としての適性を見出されたのは？」

「十歳。情報処理能力の測定で、世界上位に食い込みました」

「さすがだ。四問目。もしユア・フォルマがなければ、別の仕事に就いていたと思うかい？」

テイラーは指を四本立てて、微笑んでいる──彼は確かに天才なのだろうが、凡人をその感性に巻き込まないで欲しい。仕事でなければ、紅茶を一気に飲み干してとっくに帰っている。

「ＡＩによる職業適性診断を受けました。電索官以外に適職はありませんでしたし、父もそうなることを望んだので選んだ。それだけです」

「答えになっていないが許そう」テイラーは鷹揚な足取りで、ソファの周りを歩く。「五問目。これは君だけへの特別な質問だが、……チカサトが死んだのは何故だと思う？」

嫌でも、頬がこわばるのを感じた──やめろ。そのことには触れるな。

「知りません」

「本当に？」

「ええ……、遺書はなかった」

否応なく、当時の記憶が蘇ってくる。

三年前。エチカが高等学校を卒業した日、父は家を出て行った。

半月後、スイスの自殺幇助機関から連絡があり、父が自ら望んで死を選んでいたことを知った。誤解なきよう言っておくが、父は病気ではなく健康そのものだった。だがいつの時代でも特定の宗教を除き、人生に幕を引く権利は自分自身に委ねられている。エチカは、機関の要請に基づいてスイスへと出向き、簡易的な葬式をおこなったのち、チューリッヒ湖を望む共同墓地に父を埋葬したのだ。

「ヒエダ電索官。私は、チカサトが死んだ理由を知っている」テイラーは撫でるように囁き、「『マトイ』の開発に失敗したことが、彼の自殺の原因だ」

もしもエチカに理性がなければ、テイラーに銃を向けて「黙れ」と命じていただろう。

「何の話です？」この上なく低い声が出た。

「マトイだ。チカサトがプロジェクトを指揮した、ユア・フォルマの拡張機能さ」

「……そういえば、そんなニュースを見たかも知れません」

「ニュースを見た？　チカサトから直接聞かなかったのかね？」

「ええ」エチカは手を握り合わせる。早くこの状況から逃れたい。「その、わたしと父は希薄な関係でしたから……父の仕事にはあまり関心がありませんでしたし、よく覚えていなくて」

　プログラマとしての才能に溢れていた父は、自宅にいる時もひどく忙しかった。一緒に食事をしたとしても、それこそ彼は完全食のゼリーで済ませていたし、いつしかエチカもその振る舞いに合わせるようになった。父はエチカに例の約束をきっちりと守らせ、普段は娘を視界に入れることさえない。彼はテイラーに負けず劣らず人嫌いだったのだ。

　あの男に見えていたのは、いつだって仕事と、アミクスのスミカだけだった。

「チカサトがどうしてマトイを作ろうと思い立ったか、君は知っておくべきだ」

「いえ、わたしは別に……」

「君の父親は優秀だった」テイラーは引き下がらない。「フィルターバブルという言葉は？」

　エチカはため息を噛み殺す。いい加減にしてくれ。

「知っています。電子空間において、自分が見たい情報しか見られなくなる現象のことです」

「その通り。ユーザーの嗜好や思想に合わせて、提供する情報を自動的に選別するユア・フォルマのアルゴリズム……つまり最適化のことだが、これにはデメリットがある。泡に包まれたかのように、求めている情報以外のものが遮断されるんだ」

　ユア・フォルマはあらゆる情報に繋がっている。だからこそユーザーの視界や思考がパンクしないよう、絶えず最適化をおこなう必要がある——例えば先ほどアンが話していた、アミクスに休暇を与えようというカリフォルニア州の動きは、恐らく歴史的な革命だ。しかし、エチカのニューストピックスには、そうした記事が一切上がってきていない。エチカがアミクスに対して興味を持っていないせいで、アルゴリズムはそのニュースを紹介しなかったのだ。

　つまり、それこそがフィルターバブルだった。

「もちろん、民主主義の維持に欠かせない情報はシャットアウトできないがね」テイラーは言い、「この数十年間、人類のＩＱは向上し続けている。ただし、進化しているのは情報処理能力だけで、他の数字は全て横ばいだ。これは一体どういうことだと思う？」

「さあ。わたしは電索官であって、脳科学者ではないですから」

「なら、答えやすい質問に変えよう。君は電索する時、どうやって膨大な情報を処理する？」

「考えたこともありません、ただ自然と処理しています」

「そうだろう。そうできるのは、無意識のうちに情報を流し見ているからだ。脳の処理能力には限界がある。生まれ持った構造上、大量の情報を処理するには受け流すしかない。その場合、情報はただ浅く薄く、思考の表面を通過する」

　そうした脳のマルチタスク問題を取り上げた記事を、エチカは過去に読んだことがある。ユア・フォルマに迎合した人間の脳は可塑性に従い、情報処理に特化して作り替えられつつあるのではないか、と懸念する内容だった。膨大な情報処理は集中力と理解力を削り、注意力を散漫にすることが証明されている。

「このままいけば近い将来、人間は思考を放棄し、文化を放棄し、哲学と誇りを忘れ去り、生まれつき備わった欲求と感情だけで物事の判断をくだすようになる。思慮深さは失われ、人工知能に退化する」

「……失礼ですが、学術的な根拠がありますか？」

「研究者の間でも意見が分かれていてね、答えは未来にしかないよ」テイラーは物悲しげに宙を見つめ、「だが君の父親は、そう信じていた。ユア・フォルマの開発に携わった一人として、ひどく責任を感じていたんだ」

嘘くさい――エチカはどうにも信じられない。父は絵に描いたような冷血漢で、周囲を意のままに操りたがるような男だったのに。

「マトイは人間に人間性を、謂わば愛情を思い出させるための全世代型情操教育システムだった。彼はあれに人生を懸けていたよ。しかし開発は失敗に終わり、チカサトは自殺を選んだ」

「あの人が死んだのは、マトイの失敗から何年も経ったあとですよ」

「電索官、人が死を考えるのは人生最大の失敗を犯した時じゃない。失敗によって穿たれた傷からじわじわと毒が染み込んで、それがついに全身に回ったと確信した時に死ぬんだ」

エチカは黙って、うっすらと波立つ紅茶を見下ろした。どこかから降り注ぐ空調の風が、怯えるように液面を震わせている――結局、テイラーはどうして自分にこんな話をしているのだろう。悪趣味を自称しているくらいだから、人を苛立たせるような話題を選ぶのが好きなのかも知れない。何でもいい。ただただ、胸が悪くなったのは確かだ。

そもそも自分は父の死に対して、はっきりとした哀しみを覚えたことがない。

「テイラーさん」エチカは静かに言った。「結局、この話の着地点はどこです？」

「君は分かりやすい。チカサトが嫌いかね？」

「友人のあなたには申し訳ないですが、その通りです」

テイラーは悠々と滑空する白頭鷲を眺め、目を眇めた。どういう意味なのかは分からないし、分かりたくもない。今更こんなことを聞かせた彼に、憤りすら覚えていた。

「わたしは捜査に戻ります。また何かありましたらご協力を」

*

「感染源と接触した社員を全員聴取しましたが、何れも言動や行動に不審な点は見られませんでした。外部の人間が、犯人像のミスリードとしてリグシティを使った可能性もあります」

捜査を終えたエチカとハロルドは、本社前のロータリーでタクシーを待っていた。ハロルドが端末で開いたホロブラウザには、トトキ課長の姿が映し出され、簡易報告の真っ最中だ。

『補助官の言う通りだとして、社員でもない人間が見学者の個人情報を手に入れる方法は？』

エチカも頷く。「サーバーに侵入の形跡はなかった」

「ＳＮＳの投稿を通じて、見学者を見繕ったという可能性は考えられませんか？」

「有り得なくはないけれど……他の二人はともかく、リーはリグシティに行ったことを投稿していない」

『全員が電索に応じてくれさえすればね。これ、捜査の度に思うわ』トトキが鼻から息を洩らす。リヨンは現在深夜で、自宅にいる彼女はスウェット姿だった。膝の上では、毛艶のいい猫が丸くなっている。『地道にいくしかなさそうね。ヒエダが共有してくれた社員のパーソナルデータから、今一度行動履歴を割り出してみる』

「それと、クリフ・ソークですが」ハロルドが出し抜けに言う。「彼はプログラマとして半年ほどリグシティに勤務していたようです。一ヶ月前に退職し、フリーランスに転向しています」

『え？』トトキが眉を上げる。『誰のこと？』

「社員の機憶で見た、ロシア系アメリカ人です」エチカは説明する。「少し、記録された感情に引っかかるところがありまして……補助官、ソークに対人関係でのトラブルは？」

「特には。人間関係は良好だったようですよ」

ソークと知覚犯罪に、具体的な関連性は一切見受けられない。だが、機憶に違和感を覚えたのは確かだ。自分の経験上、こういう時は念のために調べておいたほうがいい。

「トトキ課長。ソークの行動履歴も優先的に見ていただけますか」

『分かったわ。まずは実績の高いプログラマから始めるけれど、早めに入れ込んで……』

にゃあ、と腑抜けた鳴き声が割って入る。トトキの膝の上で、猫が大きく伸びをして起き上がったところだった。耳がちょろりと小さい、スコティッシュフォールドという品種だ。ふわふわの毛並みとピンクの鼻が迫ってきて、画面を占領してしまう。

『こーらガナッシュ、邪魔しちゃだめでしょお』トトキが一気に破顔して、猫を抱き上げる。

『どしたの、お腹空いたの？　さっきご飯食べたのに食いしん坊でしゅねぇ』

　エチカは血の気が引く——まずい、これは始まる。

「とても可愛らしいですね」と、ハロルド。「ペットロボットですか？」

『そうよ。ルークラフト補助官、もしかして猫好き？』

「ええ、一緒に眠るとあたたかいですから」

『そう、そうなのよ！　あ、そういえば昨日だったかしら、朝起きたらガナッシュがね』

「課長」エチカはずいと身を乗り出した。「報告は以上です、帰りのフライトがありますので」

『ああ、そうね……お疲れ様。二人とも、ペテルブルクに戻ったら一日休んでいいわ』

「ありがとうございます、進展がありましたらまたご連絡を」

　ガナッシュの鳴き声を断ち切るように、エチカは通話終了をタップする——ハロルドを見ると、怪訝そうな顔をしていた。彼は、自分が危機から救われたことに気付いていないのだ。

「今後のために教えておく」エチカはこの上なく真剣に、「課長が猫の話を始めたら、絶対に話題を広げないで。朝まで付き合わされるか、数百枚の猫画像テロに遭う羽目になる」

　トトキは信頼できる上司だが、その実、危ういほどペットロボットに入れ込んでいる。本物の猫は何れ死んでしまうが、ペットロボットは死なないから安心して愛せるのだという。

「だとしても、実際猫は愛らしいですし、人が変わったようになるのも致し方ないのでは？」

「そんなレベルじゃない、あれはもはや機械依存症だよ」

　機械依存症は、最近では珍しくもない精神疾患だ。ペットロボットやアミクスと過ごすことに居心地の良さを感じ、引き換えに他者への関心を失っていく。実際トトキにもそうした傾向はあって、もう何年も人間のパートナーを持っていない。機械猫一筋だ。

　何にせよ、疲労に拍車がかかった気分だった——電子煙草を咥えて、静かに吸い込む。リグシティにテイラーに、神経を磨り減らすような出来事が続いたからか、どことなく頭痛がする。

「電索官、やはり顔色が優れませんね」

「気のせいだ」エチカは煙を吐いた。深入りされたくなくて、話を逸らす。「そういえば、きみと同じモデルのアミクスに会った。スティーブとかいう……」

「スティーブ・ハウエル・ホイートストンですね」ハロルドは驚かなかった。「アンから聞きました。私の顔をまじまじと見ていたのは、彼を知っていたからだそうです」

「ふうん。きみの顔の出来映えがよすぎるせいだと思ってた」

　エチカは分かりやすく皮肉ったつもりだったのだが、

「お褒めに与り光栄です、もっと近くでご覧になりますか？」

「やめて褒めてないし近づかないで、というか何でもかんでも近くで見せようとしないで」

「そんなに慌てなくても」ハロルドは微笑んで身を引く。「やはり、あなたは面白い人ですね」

「黙って」エチカは咳払いした。本当にこいつは。「で、きみはスティーブと会ったの？」

「いいえ。ですが、あれがまだ稼働していたとは知りませんでした」

「向こうも同じことを言っていたよ。……前に、きみと一緒に働いていたって」

「ええ。楽しい思い出ですよ」

ハロルドはそう答えただけだった。詳しく訊ねたい衝動がうっすらこみ上げたが、抑え込む。易々と質問しようものなら、まるで彼に興味を持っているみたいじゃないか。

「その、何だ……スティーブはきみよりも無愛想だけど、真面目で誠実そうだね」

「その言い方ですと、まるで私が不誠実であるかのように聞こえますが」

「ああいや」しまった遠回しに本音が漏れた。「きみも見た目が一緒だから、同じ服を着て黙っていれば誠実そうに見える」

「フォローになっていません」彼は明らかに呆れていた。「それに見分けはつきます。私たちには、それぞれシリアルナンバーがありますから」

「知ってる、体のどこかに書いてあるんでしょ」

「ええ、左胸に」ハロルドはそれらしく胸に手を当てて、「ロマンがあるでしょう？」

「…………ロマン？」

「人間で言えば、心臓の真上ですよ」

「言っておくけれど、わたしはそういう話にうっとりするタイプじゃない」

「知っています、残念です」アミクスはおどけたように肩を竦め、「……それにしても、先ほどからやけに饒舌ではありませんか？」

　エチカはつい、息を詰めた。確かにさっきから、自分が喋りすぎていることは自覚していた。こいつを相手に、迂闊な態度だったかも知れない。

「触れられたくないことがあると、人間は多弁になります。あなたは今、大嫌いなアミクスとお喋りをして気を紛らわさなければならないほどのストレスを抱えているようだ」

　とっさに否定する。「違う」

「イライアス・テイラーと会ったそうですが、彼と何かありましたか？」

　やはり読まれた。またリーの時のように、心の底を暴き出すようなことを言い始めるのでは――もしも、父や姉のことまで見透かされてしまったら。

　エチカは全身をこわばらせたのだが、

「電索官。ストレスには煙草も効きますが、私としては甘い物がおすすめです」

　彼が流れるように差し出してきたのは、小さなチョコレート菓子の包みだった。見覚えのある有名なパッケージに、思わずぽかんとする――は？

「先ほど、社員の方から頂きました。よろしければどうぞ」

　てっきり、お得意の観察眼で一刀両断されるものとばかり。予想外の親切心だ。エチカはつ

い、チョコを受け取ろうと手を伸ばしかけ、

「やっぱりいい、要らない」

「アミクスから物をもらうのはお嫌ですか？」ハロルドが口許を緩める。「でしたらこれは私ではなく、リグシティからあなたへの贈り物ということにして下さい」

「ちょっと」エチカが抵抗する間もなく、彼はチョコを握らせてくるのだ。「だ、だから、要らないって言って……！」

そうこうしているうちに、タクシーのヘッドライトが夕闇を切り裂いて近づいてくる。ハロルドがさっさとそちらへ歩き出すので、エチカは結局チョコレートを返しそびれた。

何なんだ——小さな包みを握り込む。いっそこのまま、掌の熱で溶けて消えてしまえばいいのにと思って。

癪な優しさだ。

アミクスは人の心に滑り込む手段を知っているだけ。全部、ただのプログラムに過ぎない。

3

翌日の貴重な休みは、ハロルドから届いたメッセによって、綺麗さっぱり吹き飛んだ。

〈ビガからデートに誘われました。本日正午に、ミハイロフスキー公園で待ち合わせです〉

寝耳に水だった。その時のエチカはといえば、宿舎のベッドで惰眠を貪っていたのだが、一気に目が醒める――昨日、捜査官としての規範を守れと念を押したばかりなのに。

〈ちなみに私は十一時半頃、最寄りのゴシチニ・ドヴォール駅に到着する予定です〉

ああもうふざけるなよ！

斯くしてエチカは、休日にもかかわらず地下鉄に揺られる羽目になった。どうにかこうにか目的の駅で下車し、ぐったりとエスカレーターに乗り込む――余談だが、ペテルブルクのメトロはやたらと地下深くを走っているので、地上へ辿り着くまでに三分前後もかかる。

外に出ると、苛立ちをまとめて凍らせるような冷たい風が吹きつけた。

ハロルドは、街路灯に寄りかかるようにして立っていた。くたびれたチェスターコートに、バーガンディのマフラー。休日でワックスをつけていないのか、いつもはまとまっている前髪がふんわりとおりていて、幾分幼い印象を受ける――そんなことはどうでもいい。

エチカがずんずんと近づいて行くと、彼は顔を上げて、目をしばたたいた。

「電索官、今日は休日ですよ。何故、仕事の時のような格好を？」

つい、自分の服装を見下ろす。黒のロングコートに、黒のセーター、黒のデニム、黒のブーツ。別に、普段着としても何らおかしくはない出で立ちだ。と、自分では思っている。

「どこか問題がある？」

「いえ」彼は何かを察したようだ。「ひとつお訊きしますが、黒以外の服をお持ちですか？」

「いいや。色のついている服は、いちいち組み合わせを考えるのが面倒だし」

「なるほど、無頓着なのは知っていましたが……あなたは本当に勿体ない人ですね」

「は？」意味が分からない。「別にわたしが何を着ようと勝手でしょ、それより」

「ちなみに、いつもそのネックレスをされていますが、お気に入りなのですか？」

「詮索しないで」つい、胸元のニトロケースを握る。「きみはコーディネートアプリか何か？」

「お望みならばアプリになりますよ。『あなたにはきっと、くすんだブルーのコートが似合う』」

「わたしはきみを止めにきたんだ」エチカはここぞとばかりに彼を睨んだ。「ビガは事件の関係者なんだから、デートだなんて捜査官として有り得ない。それ以前にきみはアミクス……」

「確かに私はビガと会う約束をしましたが、デートは嘘です」

「…………嘘？」

「あなたを呼び出したかったのです、きっと駆けつけてくれると思いました」ハロルドは悪びれもせずに微笑んで、「アミクス・ジョークですよ、楽しんでいただけましたか？」

エチカはどっと脱力する――このポンコツ、今すぐその整った顔をぶん殴ってやろうか。

「きみというやつは……休みの日に人を叩き起こしておいて……」

「もう昼です、寝溜めは疲労回復に効果的とは言えません」

「うるさい」こいつに睡眠の至福は理解できないだろうな。「なら、ビガの本当の用件は何？」

「電話では、契約する決心がついたと言っていました。私は正式な捜査官ではありませんから、あなたに立ち会っていただきませんと」

契約――つまりは、民間協力者として契約を結ぶことだ。

エチカたちがカウトケイノから戻ったあと、電子犯罪捜査局は、ビガを民間協力者に選出することを決定づけていた。民間協力者とは、謂わば密偵だ。過去のバイオハッキング活動を罪に問わない代わりに、ビガに裏社会組織の動向を監視させ、動きがあれば報告させる。

彼女を民間協力者に推薦しようと言い出したのは、ハロルドだった。

『そもそも少数民族がバイオハッキングに手を染めてしまうのは、文化を維持しながら真っ当な収入を得ることが難しいからです。にもかかわらず強引に検挙すれば、またひとつ文化を絶やすことになりかねません。ならば、別の手を打ったほうがいい』

ハロルドの考えは正直、エチカには理解しがたい。別に小さな民族の文化がひとつ消滅したところで、今の時代は見向きもされない――けれど、わざわざ自分が突っぱねることでもない。トトキに提案したところ、ビガに契約を求めることになり、彼女の返事を待っていたのだ。

「だとしても……次にあんな呼び出し方をしたら、しばらく口利かないから」

「いいえ、利かせてみせますよ」

「黙って反省して」

早くも疲労を感じるが、どうにか振り払う。ともかくこれも半ば仕事だ、切り替えなくては。

ビガは約束通り、ミハイロフスキー公園の入り口に立っていた。カラフルなニット帽と、真っ白なダウンコートに身を包んでいる——そこまではいい。

エチカとハロルドは、ほとんど同時に足を止めた。

「で」エチカは首を傾けて、ビガのほうを示す。「彼女の友達だと思う?」

「だとしても、あまり親しくはなさそうですね」

ビガの前には、二人の男性アミクスが立っている。彼らの身なりは悲惨だ。黴(かび)が生えたジャケットに、穴の開いたズボン。靴は泥だらけのスニーカー。髪や皮膚には、得体の知れない汚れがこびりついている。所有者を持たない浮浪アミクスなのは、一目瞭然だった。

エチカとハロルドがそれとなく近づいて行くと、浮浪アミクスたちはこちらに気付き、逃げるように立ち去った。残されたビガが腹立たしげに、唇をわななかせる。

「何なのあいつら……いきなりお金を恵んでくれって言うのよ、ふざけてます」

「浮浪アミクスです、若い女性や旅行者をターゲットにしているんですよ」

所有者に不法投棄されたアミクスは、人間で言うところの浮浪者となる。彼らは人に金や衣類をせがむ一方で、路地裏や空き家などに住み着いて生活している。浮浪アミクスの存在は社会問題のひとつなのだが、対応は国や都市ごとにばらばらだ。ペテルブルクでは見たところ、ほとんど野放しらしい。

「アミクス?」ビガは困惑していた。「本物はちゃんと見たことがなくて……人間かと思いました」

「そうでしょう」と、ハロルドが微笑む。「気分が落ち着くまで、少し歩きましょうか」

そういえば彼は、いつまでビガに正体を隠しておくつもりだろうか。ここは制限区域ではないし、彼女が協力者になるのなら、もはや秘密にしておく理由がないように思えるが。

ミハイロフスキー公園内の木々は、冬に身を任せ、物悲しいほどに枯れていた。子供や付き添いのアミクス、若いカップル、老夫婦らが散歩を楽しんでいる。

ハロルドとビガがベンチに腰を下ろすので、エチカは近くの樹に寄りかかった。

「その後、リーの経過はいかがですか？」ハロルドが訊ねる。

「幻覚は相変わらずだけど、脳挫傷はほとんどよくなりました。後遺症もないみたいで」

リーが死なずに済んだのはよかった、とエチカは思う。あの時は電索を優先して非人道的な態度を取ったが、だからといって最悪の結末を望んでいたわけではない――もちろん、こんなことをわざわざ口に出したりはしないけれど。

「実はさっき、リーの代わりにアカデミーに行って、退学届を出してきたんです」ビガがわずかにうつむく。「あの子はずっとプリマになりたがっていて、でも才能がなくて……あたし、彼女に頼まれて筋肉制御チップを入れたんですけど、でも、今回のことでもう一度話し合ったんです。やっぱりこんなことといけないよねって。それで、叔母さんたちにもそう伝えて……」

「あなた方は正しい決断をしました、それは間違いありません」

「そう信じたい」ビガは噛みしめるように呟き、「明日、麻薬の密売人がウラジオストクからペテルブルクに逃げてきます。あたしは、抑制剤でそいつのユア・フォルマを止めて、逃走を手助けすることになってる」

彼女は乾いた唇を舐めて、澄んだ瞳をハロルドに向けた。

「これが、最初の情報提供です。……民間協力者として契約します」

「よく決心して下さいました。あなたが契約を守る限り、我々が身の安全を保障します」

頷くビガに、彼がタブレット端末を差し出す。そこにはびっしりと契約内容が綴られている。

彼女は目を通し、慎重に指先でサインした——これで、契約は完了だ。あとでトトキにデータを共有し、ビガがリークしてくれた情報も伝えておかなければ。

しかし、思いの外手短に済んだ。今から宿舎に戻れば、夕食までたっぷりと眠れる。少しだけでも休みを謳歌できるじゃないかと、エチカは実に身軽な気分になったのだが、

「あの」ビガが先ほどとは違い、やけにもじもじと口を開く。「実は、カウトケイノを出るのはかなり久しぶりで……折角なので少し観光したいんですけど、もし迷惑じゃなかったら……」

いや待って。

「構いませんよ」ハロルドはためらいもなく言い、「私でよければご案内します」

「本当に？　ありがとうございます！」

「それはよかったじゃあ二人とも楽しんで」

逃げるなら今しかない。エチカは片手を挙げて、さっさとこの場から離れようとしたのだが、

「ヒエダ電索官」ハロルドが呼び止めてくる。「いつ、あなただけ帰っていいと言いました?」

勘弁してくれ。


エルミタージュ美術館前の宮殿広場には、クリスマスツリーによく似たもみの木が飾られていた。ユア・フォルマの解析曰く、新年を祝うためのものらしい――そういえば年明けまであと二日か。この仕事をしているとその手のイベントとは無縁で、どうにも感覚が狂いがちだ。

ビガの希望で訪れた美術館は、とてつもなく広かった。入り口で、ガイドのアミクスが「ここで迷子になると永久に見つからない」とジョークを飛ばすほどだ。本館の冬宮殿はロマノフ朝時代の王宮であり、塗り替えが重ねられてきた外観は圧倒的な豪奢さを誇る。

「楽しみです!」ビガが目を輝かせる。「前から西洋美術史が好きで、よく本を読んでいて」

「私も何度か訪れていますが、きっと気に入っていただけますよ」

彼女とハロルドはこの調子だが、言わずもがな、エチカはこの手の芸術にはこれっぽっちも興味がない。なので入館後も、二人の後ろをのろのろとついていく。ピョートル大帝の間だのパヴィリオンの間だの、とにかく至る所に過剰な装飾が施された絢爛豪華な空間を通過する。

そこそこ混雑していて、ポップアップするパーソナルデータが煩わしい――ユア・フォルマの

設定を開き、個人情報の表示をオフにした。一応は休日だし、構わないだろう。

ルネサンス美術品の展示室で、ある彫刻が目に留まった。背中を丸めるようなポーズで、足の棘を抜いている少年だ。素人目に見ても、積み重ねた歴史が肌に刻みついていると分かる。

「『うずくまる少年』です」隣のハロルドが教えてくる。「ミケランジェロの作品ですよ」

エチカはため息を噛み殺す。「ユア・フォルマと同じことを言わなくていい」

「ご感想は？」

「今のわたしがまさにうずくまりたい」

「あなたがジョークを言えたとは知りませんでした」

「ジョークじゃないんだけど」

「これも本で見たわ」ビガがそれとなく、エチカとハロルドの間に割り込んできた。「確か未完成なんですよね。手足がちゃんと彫られていないから……」

「お詳しいですね」とハロルド。

「ミケランジェロは絵画も素敵だけど、こういう彫刻のほうが好きなんです」

「他に好きな作品は？」

「ありきたりだけど、サン・ピエトロのピエタは外せない」

「分かりますよ。あれで聖母マリアのイメージが一新された」

もう十分だ。エチカにとっての休日とは、こんな高尚なやりとりを聞くために存在するのではない──ついでに言えば、ビガは分かりやすくこちらを無視している。先日の失礼な事情聴取に腹を立てているのだろう。つまり自分は、ただの邪魔者である。

ならば今度こそ帰ってしまおうと、それとなく二人から離れようとしたのだが、

「ああヒエダ電索官。大事なことを言い忘れていました」

「……………大事なこと？」

「ビガ、ちょっと失礼」

ハロルドはビガに断りを入れると、すぐにエチカの腕を引く。そのまま有無を言わさず、展示室の隅まで連れて行かれた。何なんだもう。うんざりしながら、彼と向かい合う。

「何？　捜査の話？　それともビガ？」

「こっそり帰るつもりだったでしょう？　させませんよ」

何でもお見通しなのを、本当にどうにかして欲しい。やりづらいといったらない。

「いい？　ルークラフト補助官」エチカはハロルドの胸に、人差し指を突きつける。「ビガは二人きりをお望みだ、きみが気付いていないとは言わせない。そしてわたしは、きみたちのデートを邪魔したくはない。むしろ帰って寝たい」

「これは立派な仕事です」

「どう考えてもただの観光だよ」

「休日手当ては出ませんが、職務なのは間違いありませんよ」

「休暇を欲しがってたのはどこの誰？」

「あれは、アンの連絡手段を聞き出すための口実です」

「この間から言いたかったけれど、きみはその浮ついた性格を何とかして」

「誤解があるようですね、人脈を築いておいて損はないと考えているだけですよ」

「どうだか」

「電索官、お願いですから帰らないで。大事なことをお伝えしますから」ハロルドが顔を寄せてくるので、エチカはつい硬直する。近づくな。「実は、あちらの絵画なんですが」

「何？」

「左の女性が、少しあなたに似ている」

「…………………は？」

「大事なことでしょう？」

　ハロルドは肩を竦めて、そのままビガのほうへ戻っていく――本当にふざけてばかりだ。彼が何を考えているのか、さっぱり分からない。ビガを接待するにしたって一人でやれ、いちいち他人を巻き込むな……ああでもどうせ、何だかんだずるずると付き合ってしまうこちらの性分さえも、見透かされているんだろうな。

　美術館を出る頃には、午後四時近くになっていた。空は早くも、夜をまとい始めている。ビガの希望で、そのままネフスキー大通りへと向かう。目覚めたばかりのイルミネーションが、行き交う家族連れの幸福そうな表情を照らし出していて。

エチカは何となく、目を逸らす。

「あ」ビガが、土産物屋の前で足を止めた。開け放たれた入り口から、陳列されたマトリョーシカが見える。「あの……お父さんとリーに、何か買って行ってあげたいんですけど」

「ええ、一緒に探しましょう」

ハロルドとビガが、連れ立って店に入って行く。

エチカは外で待っていることにして、街路灯に寄りかかった。知らず知らずのうちに、ため息が零れる。何だか仕事の時よりも疲れた。こういう時間の過ごし方には、全く慣れていない。観光に興味はないし、そもそも誰かと出歩くこと自体が稀だ。エチカには、特に親しい友人がいない。かといって、孤独のせいで困ったことは一度もない。

むしろ慣れてしまえば、一人のほうが楽だ。

いつも通り、ユア・フォルマでニューストピックスを開く。思わず舌打ちしたくなった。あろうことか、アミクスに関する記事が一覧に交ざっていたからだ。無駄な最適化に苛立ち、ブラウザを閉じる——店のガラス越しに、ハロルドとビガの姿が見えていた。ハロルドが親指ほどのマトリョーシカを握り込んで、ぱっと消してみせる。子供騙しな手品だ。でもビガは本気で驚いて、無邪気に笑う。楽しくてたまらない、というように。

自分も昔は、あんな風に笑えていただろうか。

――エチカ、どれにする?

何となく、胸がひりひりして。

――お父さんはたぶん、青色が好きなんだよ。

ああ何だか、嫌なことを思い出しそう。

――きっと喜んでくれるわ。

柔らかな微笑を浮かべる姉の姿が、瞼の裏に蘇ってくる。

4

六歳の冬。一緒に暮らすようになってから初めての、父の誕生日が巡ってきた。

「エチカさん、お出かけですか。マフラーをお持ち下さい」

玄関で靴を履いていると、スミカが現れる。彼女は丁寧な仕草でマフラーを手渡そうとしてきたけれど、エチカは黙ってかぶりを振った。いらない。

「本日の最高気温は二度です。お風邪を召される可能性があります」

「いらないの!」エチカは突っぱねた。自分はいつからか、スミカの優しさに甘えられなくなっている。「今からわたしが出かけること、お父さんにはないしょにして」

「それは命令ですか?　だとすれば何故でしょうか?」

ああもう。こんなところでもたもたしていたら、見つかってしまう。

「とにかくないしょなの！　行こう、おねえちゃん！」

エチカはスミカを置いて、玄関を飛び出す――小さな胸が、どきどきとはやっていた。

マンションを後にして、隅田川沿いの道を急き立てられるように走った。新年を迎えて間もないからだろうか、毎日眺めている景色も、今日は真新しく澄んでいるように見える。

「エチカ、待って！」

呼び止められて、エチカは振り向く。姉が追いついたところだった。彼女は呼吸を整えながら、幼さの残った両手を差し出してくる。

「ほら、握って？　マフラーがなくても平気なくらい、あたたかくしてあげるから」

「いつものまほう？」

「そうよ」姉はあどけない面立ちに、大人びた笑顔を浮かべる。「さあ、どうぞ」

彼女の両手には、魔法が宿っている。馬鹿げた話だが、幼いエチカは真剣にそう信じていた。だって姉と手を繋ぎ合わせると、それまでの寒さが嘘のように吹き飛んで、春に包まれたかのように体がぽかぽかとし始めるのだ。

「ありがとう、おねえちゃん」

「まだ魔法は終わっていないわ」姉は、すらりとした指を天に向けた。「ほら」

ふわりと、エチカの鼻先にそれが舞い落ちてくる――花びらのような牡丹雪だった。何て綺麗なのだろう。思わず顔がほころぶ。

「雪、つもるかな？」

「エチカが望めば積もるわ」姉は微笑み、「よし。じゃ、駄菓子屋さんまでかけっこね！」

「えっ、あ、まってよ！　ずるい！」

二人の笑い声が、冷たい川面を滑るように渡っていく。

目当ての駄菓子屋は、交差路の角にあった。入り口には、泥落としのための古くさいマットが敷かれ、時代錯誤な引き戸は隙間が開いている。普段の買い物は、父がＥＣサイトで済ませてしまうから、こうした実店舗を訪れる機会は本当に少ない。

エチカはわくわくしながら、両手で目一杯に引き戸を開けた。

そこは、カラフルな宝石箱だった。そうとしか言い表せない。背の高い棚に咲き誇ったお菓子は、一つ残らずきらきらと光っていた。エチカは一瞬で魅了される。店内には自分たちの他にも、知らない子供が何人かいた。皆、一様に目を爛々とさせていて。

「エチカ、どれにする？」姉はこういう時、ちゃんと落ち着いている。浮き足立っているエチカを、微笑ましそうに見ているのだ。「お父さんにお菓子をプレゼントするんでしょう？」

「うん」そう。今日はそのために、こっそり出かけてきたのだから。「スミカから聞いたんだけど、人間は頭をつかうと、とうぶんがほしくなるんだって」

「お父さん、いつもお仕事を頑張っているものね」

実のところ、これまでに親の誕生日を祝ったことは一度もなかった。

そもそもエチカ自身、父にも母にも祝ってもらった経験がない。二人とも年中行事という概念がなかったようで、誕生日は普段の日常の一部だった。だからユア・フォルマの手術を受けてインターネットに繋がったことで、初めて知ったのだ。誕生日とはどうやら特別で、プレゼントを渡してお祝いすると嬉しくなれる日なのだと。

「ネットで見たけど、本当は時計とかハンカチをあげるんだって。でもわたしにはかえない」

「だけど、ここにあるものならエチカのお小遣いでも手が届く？」

「そう」エチカはつい胸を張る。「めいあんでしょ？」

二十分くらい迷いに迷って、キャンディを選んだ。重たいガラス瓶の中に、冬空を摘み取って丸めたような飴がぎっしりと詰まっている。他のお菓子よりも少し値段が高いけれど、今日まで貯金をしてきたから大丈夫。何よりも、この色がぴったりだ。

「ねえ、おねえちゃん。お父さんはたぶん、青色が好きなんだよ」

「多分？」

「服もハンカチも歯ブラシもスリッパも、ぜんぶ青いから。スミカの服も青ばっかりだし」

「エチカはお父さんのこと、よく見てるのね」

「うん。だって約束のせいでぜんぜんお話できないから、見ておぼえないと……」

ふと他の子供たちの視線を感じて、エチカはうつむく。少し声が大きかったかも知れない。

会計を済ませて駄菓子屋を出ると、外は銀世界に様変わりしていた。嬉しいはずなのに、どこか落ち着かない気分になる。思えば父は、エチカが勝手な真似をすると怒る。今日のプレゼントも内緒で考えたことだったから、心配になったのだ。でも、親は子供からの贈り物が嬉しいとネットで読んだ。クラスメイトたちも、両親の誕生日にはお気に入りのビー玉や似顔絵をプレゼントして、喜んでもらっている。

それでも、浮かない顔をしていたからだろうか。

「きっと喜んでくれるわ」姉はいつものように、優しく髪を撫でてくれた。「ね、大丈夫」

それだけで不安が吹き飛んでいく。何もかも上手くいくと思える。不思議だ。姉さんが大丈夫と言えば、何だって大丈夫なのだと、信じていた。

幼すぎた。

家に帰ったエチカは、書斎に籠もっている父を訪ねた。彼は仕事に没頭していた。顔こそこちらを向いているけれど、その目はずっとユア・フォルマの中を追いかけていて、娘のことなど見ていない。

「エチカさん。チカサトさんにご用でしたら、私が代わりにお取り次ぎします」

背後からスミカが声をかけてきたが、エチカは無視した。例え約束を破ったとしても、どうしても自分で渡したかったのだ。お父さんに喜んで欲しかった。ありがとう。嬉しいよ。そう言って、生まれて初めてこの人に抱きしめてもらえることを想像していた。

だからエチカは、父を振り向かせるために、彼のユア・フォルマにメッセージを送った。一通だけではなく、確か一気に百通くらい送りつけた。自分の情報処理能力を以てすれば、そのくらいのことは一秒とかからずにできたから。

父はそこでやっと、書斎の入り口に立っているエチカに気付き、

「お父さ……」

「出て行け」

ただ一言、そう吐き捨てる。エチカは少し怖くなったけれど、でも引き下がらなかった。

「これ」と、恐る恐る父に歩み寄っていく。「あげる。誕生日の……」

プレゼント、とまでは言えなかった。

父は、エチカが差し出したキャンディの瓶を、たやすく薙ぎ払った。ガラス瓶は宙を舞った。それはもう優雅に、美しく舞った。まばたきをしなければ、きっとそのまま時間は止まったはずだ。瓶は床に落ちずに、空中で停止して、永遠に凍り付いたはずだ。

でも、エチカはまばたいてしまった。

瓶は床に激しく叩きつけられ、粉々に割れた。飴が飛び散り、雹のように凶暴な音を奏でながら、部屋中に散らばる——エチカは茫然と、目の前の父を見ていた。彼はもう、こちらを見ていない。ユア・フォルマの中にいる。ここにいるのに、どこにもいない。

どうして。

「スミカ」

父は自分ではなく、アミクスを呼ぶ。戸口に立っていたスミカは、「すぐに片付けます」と言ってきびすを返すのだ。だから、エチカは叫んでしまう。

「だめ！　かたづけないで！」

父の手がすごい勢いで伸びてきた。思い切り突き飛ばされる。ガラスが散らばった床に尻餅をつく――その時、父は確かにエチカを見ていた。ああやっと、目を向けてくれている。でも少しも嬉しくならないのは、その瞳が冷たく燃えているから？

「エチカ、お前の役目は何だ？　父さんの機械だろう」

分かっている、でも。

「うん」言いたいことは他にあったのに、滑り出たのは従順な言葉で。「ごめん……なさい」

「スミカ、早く片付けろ」

「かしこまりました。ですがその前に、エチカさんの手当てを優先します」

茫然と座り込んでいたら、スミカの優しい手に抱き上げられる。そのまま父の書斎を後にして――閉ざされていく扉が、滲んでぼやけた。これまで我慢していた気持ちが、千切れて、弾けて、溢れ出すのが分かる。どうして。ただ、お父さんに喜んで欲しかっただけなのに。どうして？　ありがとうって言って欲しいと思っちゃいけないの？　ぎゅっと抱きしめて欲しいと思うのは欲張り？　何でお父さんはあんな約束をさせたの？　お父さんはわたしが嫌い？

スミカは、リビングのソファにエチカを座らせた。ガラスで切れたエチカの手を、丁寧に手当ててくれる。彼女の指先は大人の女性のもので、とても器用だ。どこか母を思い起こさせる。人工皮膚の感触と、人間よりも少し低い体温さえなければ、もっと安心できるのに。

気付けば、エチカは呟いていた。「わたし、お母さんに会いたい」

本当にそう願っていたわけではない。暴力的な母親と、もう一度暮らすことなど全く考えられなかった。父は冷たいが、母よりはマシだ。要するに、何かに抵抗したくて。

「エチカさん。チカサトさんは、あなたを大切にしています」

「うそだ」信じられない。「スミカが同じことをしても、あんなにおこらないのに」

「悲しかったですね。可哀想に」

スミカの手に頬を撫でられると、無性に鳥肌が立った——彼女は心底辛そうに眉をひそめ、こちらを哀れんでいる。それが突然、あまりにも白々しく思えたのだ。

彼女は本当に、可哀想だと思っているんだろうか？

スミカは親切で優しい。決して怒らない。人間が望まないことはしないし、いつも寄り添ってくれる。このロボットは、そういう風にできているのだ。どこまでも、理想的な友人として振る舞うことを約束されている。

つまり、何もかもが偽物だ。ただのプログラムに過ぎない。

お父さんは、それを分かっているのだろうか？

分かっていても、スミカのほうが可愛いというのだろうか？

そんなのおかしい。馬鹿げている。

「スミカのせいだよ」エチカはつい、吐き捨てていた。「スミカがいるから、お父さんはわたしのこと好きになってくれない。わたしよりもスミカのほうが、べんりでいい子だから！」

クラスの皆はあんなにお父さんと仲良しなのに、どうして自分はそうじゃないのだろう？

理由を探していた。

自分だけが、親から愛されていない理由を。

この哀しみを正当化しても許されるだけの理由を。

全部、アミクスが悪い。

それはそれは単純明快で、素晴らしい理由付けだ。

「わたしはお父さんとはちがう。優しくされたって、スミカのこと気に入ったりしない。なかよくなったりしない。だって全部プログラムじゃない。全部にせもの、全部うそだよ。そんなの信じない！　ばかにしないで！」

スミカの目が、悲愴に見開かれていく。「エチカさん、私は……」

「うるさい、もう何も聞きたくない！」

引き止めるスミカを振り払って、エチカは自分の部屋に閉じこもった。嗚咽を嚙み殺しながら、膝を抱えてうずくまる――そっと寄り添う、姉のぬくもりを感じた。彼女は小さな両腕で、しっかりとエチカのことを抱きしめてくれる。あたたかい。とてつもなく。

「大丈夫よ、エチカ」姉の囁きは、傷口を包む真綿のようで。「私は、エチカが大好き」

そう、大丈夫。わたしには姉さんがいる。

彼女がいてくれれば、それだけでいい。他に信頼できるものなんてなくていい。

なのに、

「ヒエダ電索官？」


我に返った途端、喧騒がざあっと流れ込んでくる。エチカの体は、薄暗いレストランのテーブル席に収まっていた。向かいに座ったハロルドが、怪訝そうにこちらを見つめている。目の前では手つかずのチキンキエフが、飴色の照明を浴びててらてらと輝いていて。

思考に没頭しすぎた。

昔のことを考えたって、もうどうしようもないのに。

「その……何だ」つい、目頭を揉む。「ビガはどこ？」

ハロルドが視線を流すので、エチカもそちらを見やる——弦楽器のバラライカやドムラを抱えたミュージシャンらが、ステージで準備を整えているところだった。食事を中断した客たちが集まっている。ビガは人垣に加わり、精一杯に背伸びをしていた。

「サーミの人たちはヨイクを歌うでしょう？　だから、ロシア民謡に興味があるそうです」

まもなく演奏が始まり、軽快なメロディとともに、朗々とミュージシャンが歌い出す。楽しげなのに、どこかノスタルジックな響きだった。エチカはまだふやけている頭で、天井を仰ぎ見る。紅色に塗られたシャンデリア。天井画の花が、星のようにちりばめられていて。

全く、今日は本当にふざけた一日だ。

「補助官、やりすぎだ」エチカはハロルドを睨む。「この夕食だって経費では落とせない」

「構いませんよ、承知の上です」

「でもきみ、給料もらってないでしょ」

「自由に使える分は幾らかあります。それなりに」

ハロルドはけろりと言って、料理にナイフを入れるのだ。なるほど、支局から捜査官として不自由しない程度の小遣いをもらっているわけか。まあそれはいい、問題は金銭的なことではない。ついでに、彼のテーブルマナーがやたらと上品なのも気に食わないが、さておく。

エチカは、ビガがまだ戻ってこないことを確認してから、声を落とす。

「確かにビガは民間協力者になったし、信頼関係を築くのは大事だ。でも、ここまで親切にする理由は何？　リーに怪我をさせてしまったから、罪悪感でもあるの？」

「食べないのですか？　冷めてしまう」

あくまでもそういう態度なわけだ。エチカはハロルドを睨みつけたまま、フォークとナイフを手繰り寄せた。どうでもいいが、こんな面倒臭い食事よりもゼリーが欲しい。

「まさかとは思うけど、ビガの気持ちを弄んでる？」

「一体何のために？」

「その……」さすがにないとは思うが、「自分に惚れている女を観察するのが楽しい、とか」

「過去に嫌な男性と出会ったことがありますね？　あるいは、父親が高圧的だった」

「あー今のは憶測。言ってみただけ」こいつの千里眼は何とかならないのか？「分かってる。きみたちは人間そっくりに振る舞うけれど、別に恋愛感情なんてないし、そもそも」

「二十八件」

「え？」

「昨年ロシアで誕生した、人間とアミクスのカップルの数です。あなたはアミクスに関心がないようですからご存知なかったと思いますが」

「百歩譲って、人間がアミクスに恋をしたとしても、きみたちは人間に恋なんてしない」

「どうでしょうか」ハロルドはどこか挑発するように首を傾げ、「人間とは少し感覚が違いますが、我々も恋をすることはできます。あなた方と同じように、様々な感情がありますから」

「いいやそれは感情じゃない、人間を理解するために組み込まれた感情エンジンだ」

「そうした前提の上で申し上げるのなら」彼はエチカの主張を無視した。「ビガを弄んではいません。彼女に優しくしているのは、必要あってのことです。仕事だと言ったでしょう？」

「なら、もっと詳しく説明して」

「申し訳ありませんが、今はまだその段階ではない。ですが、必ず上手く機能しますよ」

どうやらまたしても、彼なりに何か作戦があるようだ。だが話すつもりはないらしい。巻き込んでおいて大層な扱いじゃないか。ついでに言えば彼の、人間の心を利用するようなやり方も気に食わなかった。まあ、他人の心どころか頭を焼き切ろうとしてきた自分に言えたことなど、何一つないのだが。

「せめて彼女に、きみがアミクスだと教えるべきだ」

「いいえ、まだ知らせないで下さい」

「一体何を考えてる？」

「もちろん、事件の解決です」

信じられないし、全く意味不明だ。そもそもビガは、知覚犯罪とはまるきり無関係なのに。

エチカは苛つきながら、肉を切って口に運ぶ。ハロルドは珍しいことに、しばらく何も喋らなかった。テーブルの上を、降り注ぐロシア民謡だけが滑り落ちていく。

やがて、ビガが戻ってくる。

食事を終えて店を出ると、午後八時を回っていた。刺すような夜気に、エチカは思わず首を縮める。ハロルドが端末で近くのタクシーを呼び寄せながら、大通りの様子を見に行く。

結局、休みが丸ごと潰れてしまった。

頭の中にわだかまったものを吹き飛ばしたくて、悴んだ手で煙草を取り出す。

「ヒエダさん」

不意に、隣に立っていたビガが話しかけてきた。エチカは内心驚く。てっきり、このまま無視され続けるのだとばかり思っていた。もっと言えば、他人から悪感情を向けられることに慣れ過ぎていて、彼女に無視されていることすら忘れかけていた。

「あの」ビガは穢されていない目でこちらを見て、一度唇を湿らせる。「訊こうと思っていたんですけど……意識がないリーのユア・フォルマに、無理矢理接続しましたよね？」

一瞬、どきりとしてしまう。「というと？」

「病院の先生が、リーのユア・フォルマに残った接続履歴を調べて、教えてくれたの」

つまりビガは、不躾な事情聴取に腹を立てていたのではなく、リーの件で憤っていたのか。

「申し訳ありませんが、捜査の一環です」エチカは定番の答えを口にした。「電索にはご本人の同意があるのが理想的ですが、あの場合は法に反しません」

「知っています。でも、そういうことを言っているわけじゃない」

そうだろうな、分かっている。「どうしても必要なことでした。ご理解下さい」

「理解しているわ、それでもひどいって言っているんです。もしも、あの子に何かあったら」

ビガの眼差しはひどく張り詰めていて、今にも泣き出しそうで。

「この、人でなし」

淡い吐息で、恨みがましく吐き捨てる。

エチカは黙っていた。こうなることを分かっていて、自分はあのような選択をした。

——あなたは何故、自分を冷たい人間に見せようとするのです？

ああもう、うるさいな。

まもなく、ハロルドの前に一台のタクシーが停まる。ビガはそれ以上何も言わず、彼のほうへと歩いて行った。彼女はハロルドと握手を交わしたあと、タクシーの中に吸い込まれる。車が走り出す。ちりばめられたテールランプのひとつとなって、遠ざかっていく。

エチカは、点けられなかった煙草をしまい込んで。

凍りそうな夜風を吸い込む。それだけで、少し落ち着く。

もう、帰ろう。

歩き出したら、後ろから靴音がついてきた。振り返る前に、ハロルドが隣に並ぶ。何となく彼の顔を見られないまま、コートのポケットに両手を押し込む。

「電索官、今日はありがとうございました。宿舎までお送りしますよ」

「結構だ」今は一人になりたかった。

「ビガは数日間、市内のホテルに滞在するそうです。モスコフスキー地区にある『ラーイ』の五〇五号室だと」

「分かった。彼女がリークした情報について上から指示があれば、そこに連絡する」

「実は他にも、別件であなたにお話ししたいことが」

「悪いけれど、急ぎでないなら明日にして」

「ビガに嫌なことを言われたのですね？　そう拗ねないで下さい」

エチカはつい、足を止めてしまう。ハロルドもつられたように立ち止まって——今のは、嫌なことなんかじゃない。ビガは事実を言ったのだ。あれは当然の主張だ。

「同僚を観察しないで」

「すみません。黙っているつもりでしたが、あなたを引き止めたくて」

彼はあくまでも穏やかだったが、エチカはようやく気付く——ハロルドは怒っている。いや、本当に腹を立てているのかは分からない。その表情は全くいつも通りだ。けれど、何だか。

急に、胸がざわつく。

「電索官」

「……何」

「私たちの感情を、プログラムによるものだと決めつけないで下さい」

ハロルドは微笑んだまま、しかし突き放すように言った。先ほどのやりとりを思い出し、エチカは喉を絞められるような感覚に襲われる——アミクスの感情を否定したことを、彼は不愉快に思っていたのか。だから、しばらく黙りこくったのだ。

「あなたがアミクスに否定的なのは構いません。ですが、あまりにも横暴な発言は看過できかねます。撤回していただきたい」

「断る」ほとんど反射的に、突っぱねていた。「本当のことを言っただけだ。汎用人工知能の思考プロセスは、人間の脳とは違う。もし心があったとして、それも含めてプログラムだよ」

「では、人間の心はプログラムではないと？　あなた方の喜怒哀楽は、元を辿ればただの電気信号に過ぎません。我々の感情と一体何が違うのですか？」

「違うよ、全然違う。きみたちのそれは別物だ、もっと空っぽでしょ」

　何だか色々なものが積み重なって、エチカはつい感情的になる――投げ出した言葉がぼたぼたと足許に零れて、街の喧騒に溶けていく。

　多分、口にするべきではないことを言ってしまった、という自覚はあって。

　ハロルドがかすかに、両目を細める。「本当にそう思っているのですね？」

「ああ……、思ってる」

「右足のかかとが浮いていますよ。逃げ出したそうだ」

　確かに指摘された通り、かかとが浮いていた。自分では全く気付かなかったのに。これ以上見透かされたくなくて、彼を睨む。よく分からないけれど、足が震えそうで。

　父がスミカを愛したのは、彼女が、人の心に入り込むすべに長けたアミクスだからだ。だから、アミクスの全てはプログラムに従っていなければならない。人間とは別物であって欲しい。

だって、もしもスミカと自分が、全く対等な存在だったのなら。

どうしてわたしだけが、父に愛されなかった？

「きみはそうやって……」唇がわななく。「そうやって人間のことを軽く見て、楽しい？」

「あなただってアミクスを軽んじている」

「何も話さず、人を一日中付き合わせたくせに」

「それに関してはお詫（わ）びします。ですが、あなたがむきになる理由は分かっていますよ」

「いい加減にして。分かるわけがない」

「いいえ分かります。アミクスの感情が人間と対等だと認めてしまったら、あなたは自分が父親から……」

路面電車（トラム）がざあっと走り抜けていく。エチカはとっさにハロルドを押しやろうとして——届かなかった。彼は、こちらが突き出した腕をしっかりと捕まえて、食い止める。まるで、エチカがそうすることを読んでいたかのように。

うつむく。

背筋が熱い。

いつから。どうして。何も言っていないのに。ふざけるな。

呼吸が詰まる。彼の革靴の先に、てらてらと街路灯の光が照り返していて。

見抜かれているのか？　だとしたらどこまで？　まさか、全部？

――冗談じゃない。

「……電索官？」ハロルドの声は打って変わって、やけに怪訝そうで。「どうしました？」

気丈に答えてやろうと思ったのに、喉はこわばったまま、言うことを聞かない。

「震えている」

彼は呟いて、それから迷ったようにエチカの腕を放した――顔を上げる。ハロルドは笑っていなかった。子供が間違いを悟った時のように、その瞳が見開かれていく。

「見るな」エチカは、勝手に濡れた頬を拭う。自分の幼稚さが嫌になる。「もう帰る」

「待って」

彼が肩を掴もうとしてきたので、思い切り振り払った。いっそ罵倒してやりたいけれど、そうする資格がないことも分かっている。自分たちはお互いに、踏み込んではいけないところに踏み込んで、ぶつかったのだ。これ以上は、もう。

「すみません」ハロルドは珍しく焦っていた。「その、まさかそこまで傷つくと思わな……」

「何も言うな」冷静に喋りたいのに、息が揺れる。「わたしの失言は撤回する、悪かった。だから二度と引き合いに出さないで。どこまで見透かしているのか知らないけど、黙っていて」

「すみません」彼はそう繰り返し、下唇を噛む。「私は、ただ……」

あとに続くはずの言葉は、燃え尽きたように見つからず。

疎らな通行人が、二人を遠巻きにしながら通り過ぎていく。エチカは凍りそうな頬を何度かこすって、ゆっくりと分厚い息を吐いた。頭を冷やせ。情けない。触れられたくないことを少し指摘されただけで、この有様か。

今度こそ、立ち尽くしているハロルドの視線から逃れるように、歩き出す。

でも、すぐに立ち止まらなくてはいけなくなった。

ユア・フォルマが、トトキ課長からの着信を告げる。時間帯を考えてか、ホロではなく音声電話だった。よかった。例えホロモデルだとしても、今は誰にも顔を見られたくない。

エチカは鼻をすすり、頭を切り換えようと努力する。「もしもし？」

『朗報よ』トトキの凛とした声に、何だかほっとして。『ソークのことを調べたんだけれどソーク。リグシティ社員への電索で見た、ロシア系男性の姿が蘇ってくる。

『彼の行動履歴に引っかかるところがあったから、犯罪記録課にデータを共有したの。そうしたら』トトキは一呼吸おいて、『クリフ・ソークは偽名だった。この男は、国際指名手配犯よ』

「──え？」

『今、詳細を送る』

茫然とするエチカの視界に、トトキからパーソナルデータが届く──展開。

飛び込んできたのは、ソークの顔写真だった。並んだ個人情報に目を走らせる──氏名、マカール・マルコヴィチ・ウリツキー。モスクワ出身、三十八歳。職業、フリーランスのプログラマ……電子薬物の製造と売買により国際指名手配中。

『電子ドラッグを作れるのなら、ウイルスはお手の物でしょうね。しかも、全員の感染源と接触していて、知覚犯罪が起こるひと月前にリグシティを辞めている。そうしてつい昨日、何故かリグシティを再訪しているわ。我々が捜査に入ったことを知っていたかのようにね』トトキは珍しく早口にまくし立て、『あまりにもきな臭い。恐らくはお手柄よ』

エチカはまだ事態を呑み込めない。確かにソークは気がかりだったが、知覚犯罪とは無関係だと踏んでいたし、あくまでも違和感を覚えた程度だった。それが、まさか。

『ルークラフト補助官にも情報を共有しておいて』

「ええ」涙が乾いていく。「すぐに」

『それじゃあヒエダ電索官。明日、ペテルブルクで直接会いましょう』

第三章—記憶と機憶、その軛
YOUR FORMA

1

「トトキ課長は、ソーク……いえ、ウリツキーが知覚犯罪の犯人だと考えているのですか？」

「じゃなかったら、わざわざリヨンから飛んでこない」

ペテルブルク支局のミーティングルームは、静かな緊張感で満ちている――壁にかかったフレキシブルスクリーンの前には、トトキ課長が立っていた。同席者は支局長に始まり、情報局員から電子薬物捜査課の捜査官らに至る。全員が物々しい表情を隠せていない。

「ウリツキーの居所を割り出したわ」

トトキ課長が、スクリーンに映し出された市内の地図に、マーカーをつける。

「スラヴィ通り四五番地のアパート、部屋は二〇号室。情報局員によれば、リグシティ退社後の先月から偽名で入居している。最近はここを拠点に、電子ドラッグを売買していて――」

ウリツキーの正体は、ロシアン・マフィアと太いパイプを持つ電子ドラッグ製造者だった。彼は先月までの半年間、ロシア系アメリカ人のクリフ・ソークを詐称し、リグシティに潜入していた。理由はまだ不明だが、間違いなく電子ドラッグと関係しているだろう。

そして幸か不幸か、ウリツキーは今まさに、このペテルブルク市内にいる。

情報局員が発言する。「以前から国際刑事警察機構(インターポール)情報局は、ウリツキーに民間協力者を接触させていました。マフィアの薬物売買ルートを暴き出すために、敢えて奴を泳がせていた。ですが」

「各国でウイルス感染の被害が広がっているため、知覚犯罪の解決を優先させる方向で一致した」とトトキ。「令状も下りたわ、よってウリツキーの身柄を最優先で確保する」

「奴の現在位置は？」「今朝から自宅アパートに戻っています、外には出ていません」「突入の手配を」「周辺区域を規制しろ」関係者が慌ただしく、ミーティングルームを出て行く。

どうやら会議はこれにて終了だ。ウリツキーが支局へと連行されてくるまで、電索官である自分の出番はないといっていい――エチカもひとまずは立ち上がったのだが、

「ヒエダ電索官」まだ席に着いていたハロルドが、見上げてくる。「できれば担当捜査官が証拠品を押収する前に、ウリツキーの部屋を確認しておきませんか？」

確かに、尤もな意見だ。電索がどれほど便利でも、例えば意図的な機憶の抹消にまでは対応できない。現場を見て、その人物を把握しておくことは比較的重要と言える。

「分かった。念のため、トトキ課長に許可をもらって」エチカはそう言い、椅子の背にかけていたコートを手にした。「先にエントランスで待ってる」

そのままハロルドと別れ、ミーティングルームを後にする――通路に出た途端、どっと肩の力が抜けた。よかった、普段通りに接することができた。今朝顔を合わせた時から、自分も彼も夕べの諍いには一切触れていない。仕事に差し障りが出ないよう、何事もなかった風に振る

舞うべきだと思ったし、幸いハロルドのほうも同じ考えのようだ。

このまま全部をなかったことにしてしまえたら、一番いい。

エントランスに行くと、ソファに見覚えのあるドイツ人が座っていた。エチカは静かに驚く——元パートナーのベンノ・クレーマンだ。まさか、彼まで来ているとは思わなかった。そもそも、退院したことすら知らされていない。

ベンノもこちらに気付き、あからさまにうんざりとした顔つきになる。

「誰かさんのせいで、まだ調子が戻らなくてな。デスクにへばりついているくらいなら手伝えと、課長に連れてこられたんだよ」

「そう」エチカは一瞬、返す言葉に迷った。「その……お大事に」

「おい」ベンノが舌を打つ。「もっと他に言うことがあるんじゃないのか？」

分かっている。彼の言う通り、謝罪が必要な場面だ。でも、謝ったところで何が解決するだろうか。自分がベンノを苦しめたという事実は覆せない。そんなものはただの気休めだ。

「そういや、新しい相棒はアミクスなんだってな」

彼の口許に、皮肉るような笑みが浮かんだのが見えて。

「課長から聞いたよ、是非アミクスだけを使い潰していてくれ。機械には機械がお似合いだ」

——お前の役目は何だ？　父さんの機械だろう。

「ヒエダ電索官」

呼ばれて振り向く――ハロルドだった。エントランスに入ってきた彼は、嬉しそうにエチカのもとへと歩いてくる。ニーヴァの前時代的なキーを振って見せ、

「トトキ課長から許可をもらいました。行きましょう、突入劇を見られるチャンスです」

「あ、ああうん……」

エチカは頷きながら、ベンノを一瞥する。彼は実に胡散臭そうな目つきで、ハロルドをじろじろと観察していた。一方のハロルドは、戸惑うこちらを見ても、微笑んだまま首を傾げるだけ――よかった、今し方のやりとりは聞かれていなかったようだ。

「よし、分かった。すぐに行こう」

エチカは気を取り直して歩き出そうとしたのだが、

「ああそうでした、クレーマン補助官？」

いきなりハロルドがそう呼びかけるので、ぎょっとする――アミクスに、パーソナルデータを閲覧する権限は与えられていない。なのにどうして、彼がベンノを知っている？

「は？」ベンノ自身もこれには面食らったようだ。「何だお前、どこで俺の名前を……」

「ミーティングルームでトトキ課長から聞きました、お会いできて光栄です」

ハロルドが颯爽と、彼に歩み寄っていく。反射的に立ち上がったベンノの手を取り、がっちりと握手。当のベンノはあっけに取られている。もちろん、エチカにも意味が分からない。

あいつは一体、何を考えている？

「申し遅れました、支局のルークラフト補助官です。正式な肩書きではありませんが」

「馴れ馴れしく触るな」ベンノが、心底嫌そうに手を振りほどく。「アミクスだろお前」

「はい、ヒエダ電索官の新しいパートナーです」ハロルドはエチカをちらと見やり、ベンノに笑いかけた。「夕べ、婚約者と喧嘩をしたでしょう？　一緒に年を越そうと約束したのに、あなたが大晦日になってペテルブルクに飛ばされることになったから」

エチカはめまいを覚える。ちょっと待って。

「あ？」ベンノも明らかに困惑していた。「いきなり何を……」

「彼女、とても怒っていましたね。ですが、あなたが意固地にならなければ仲直りできます。指輪は捨てないほうがいい」

「おい何なんだ、何で知ってる？　まさか見てたのか？」

「確かに視力はいいですが、ロシアからフランスは見えません」

「だよな。誰から訊いた？」

「誰からも。そもそもあなたとは初対面ですし、名前も先ほど知りました」

「うん」ベンノはハロルドを凝視している。「つまり……俺に、何か言いたいことでも？」

ハロルドは、その問いかけを待っていたかのように微笑みを深め、囁く――小さな声だったが、エチカにも確かに聞き取れた。

「あなたの秘密を知っています。ですから今後、私のパートナーを侮辱しないで下さい」

おいふざけるな。

「一体どういうつもり？」

ウリツキーのアパートは六階建てで、かつての集合住宅（フルシチョフカ）を思わせる古臭さを漂わせていた。ずらりと駐車された警察車両と、続々と建物へ吸い込まれていく電子薬物捜査課の捜査官たち。警備アミクスに通行を規制された歩行者が、不安そうに顔を見合わせる――エチカとハロルドは路上に駐めたニーヴァの中から、物々しい様子を見守っていた。

「どういうつもり、というのは？」運転席のハロルドが、平然と首をひねる。「パートナーが貶（おとし）められたのですから、かばうのは当然のことかと思いますが」

「余計なお世話だよ」エチカは奥歯を軋（きし）らせた。「ベンノがわたしを嫌っているのには理由がある。しかも悪いのはわたしのほうだ。なのに、きみが横から入るとややこしくなる」

「それは知らなかった、申し訳ない」

「思ってないでしょ。あと、ベンノは婚約してない。恋人はいるけど」

「でしたら、あなたが知らないうちに婚約したのでしょう。左手の薬指に指輪の痕が残っていました」

「ああそう」あの一瞬でどこまで見てるんだ。怖い。「じゃ、ベンノの秘密って何？」

「どんな人間にも、知られたくないことのひとつやふたつはあります」

「要するにきみは、はったりで彼を脅迫したわけ？」

　エチカは頭が痛くなってくる。ハロルドがおかしな行動に出たのは、どう考えたって夕べの言い合いが原因だ。彼なりの仲直りのつもりかも知れないが、正直、全部を水に流してくれたほうが気が楽だった。

「いい？　自分の人間関係くらい自分で何とかできる。今後は口出ししないで」

「分かりました。でも、ほんの少しだけ嬉しかったでしょう？」

「それジョーク？」

　ハロルドはわざとらしく目をしばたたくのだ。全く、反省の欠片もない。エチカはもやもやとした気分を振り払おうと、窓を開けて電子煙草を咥えた。

　——今後、私のパートナーを侮辱しないで下さい。

　つい、煙草を強く噛む。

　例え付け焼き刃な親切でも、他人にかばわれたのはほとんど初めてだ——だから何なんだ。彼はアミクスだし、その言葉だってどうせお得意のプログラムだろうに。

　何よりも自分が、ベンノのような補助官たちを苦しめてきたのは、事実なのだ。

　まもなく確保されたウリツキーが連れ出され、警察車両に詰め込まれる。エチカとハロルドは車を降りて、予定通りアパートへと向かった。

　二階へ上がると、ウリツキーの部屋の前に支局の警備アミクスが立っていた。

「立ち入りはお控え下さい。担当捜査官が到着し次第、分析蟻（ミール・ロボット）が入ることになっています」

「許可は取ってる」

エチカがIDカードを見せると、アミクスは腑（ふ）に落ちたようで、大人しく顎を引く。

ウリツキーの部屋の間取りは、賃貸において一般的な2DKだった。二人はまずキッチンに向かったのだが、中々ひどい有様（ありさま）だ。テーブルには開封済みのパウチ容器が散乱し、染（し）みだらけの床はビールの空き缶で埋まっている。シンクは黴（かび）まみれで、洗っていない皿や腐った野菜くずが溢（あふ）れかえっていた。最悪だ。セントラルヒーティングのせいで室内があたたかいので、腐敗が進むのも早いのだろう。虫が湧いていないだけマシか。

「こういう部屋を見るたびに思うけれど、どうしたらここまで散らかせるの？」

「ある種の才能か、もしくは、精神状態が安定していないのでしょう」

「ウリツキー自身もドラッグを？」

「どうでしょうか、もう少し見てみないと」

エチカが戸口で躊躇（ちゅうちょ）している間にも、ハロルドは余すところなく室内を調べていく。冷蔵庫や戸棚を開けてみたり、空き缶のラベルを読んだり、シンクの匂いを嗅いだり、テーブルの裏を触ったり、窓辺の観葉植物の鉢を手に取り、じっくりと眺めてから元に戻してみたり。こういう時、指紋のないアミクスの手というのは実に便利だ。

「恐らくですが、彼はドラッグはやっていない。ただ、大きなストレスを抱えていますね」ハロルドが、両手についた埃を払う。「このビールの空き缶ですが、製造年月日が全て同じだ。つまり一度にこれだけの量を買い込み、残り香からして全て一日で飲み干しています」

「ウリツキーのパーソナルデータに、アルコール依存症の傾向はなかった」

「最近になって気を揉むことが増えたのかも知れません」彼はゆっくりと首をめぐらせ、「それと、冷蔵庫にまだ新しい生鮮食品がストックしてあります。この部屋を見れば分かりますが、彼は料理をするようなタイプじゃない。ウリツキーは独身だそうですが、パートナーは？」

「恋人の存在は情報局も把握していない。たまに女を買っているくらいで……」

「娼婦がわざわざ料理をしていくとは思えませんね」ハロルドは考え込む素振りを見せたが、結論を急がないことにしたようだった。「寝室を調べましょうか」

寝室もまた、キッチンに負けず劣らずの様相を呈していた。ベッドにはくしゃくしゃの毛布、デスクの上から床にまで衣服やゴミが散乱している。傷だらけのクローゼットと、窓を覆う布カーテン。何よりも——天井から大量に吊り下がったカードだ。その全てに、びっしりとマトリクスコードが記されている。何とも黒魔術的な光景だった。

「電子ドラッグをインテリアにするとは新しい」ハロルドが宙吊りのカードに触れる。「電索官、間違っても直視しないで下さい。読み込んでしまう」

「安心して。わたしの背丈じゃ届かないしよく見えない」

電子ドラッグは、非拡散型コンピュータウイルスの一種で、こうしたマトリクスコードを介

して取引される。コードを読み取り、ユア・フォルマをあえてウイルスに感染させて、生じる高揚感や解放感を楽しむのだ。ウイルスは一定時間で自壊するので、中毒者は何度も売人に金を払って、コードを買い求める。大抵の国では、製造そのものが法に触れる行為だった。

「ウリツキーが犯人だとして、問題はいつどうやって感染源にウイルスを仕込んだかだ。リーたちの機憶からして、感染経路がお得意の電子ドラッグじゃないことは分かってる」

「見学ツアーの際にも、不審な動きは見られませんでした。ウイルスの潜伏期間を考えても、ツアーの時に仕込まれたわけではない。となれば事件発生直前に、感染源自身も含め、誰にも気付かれないような形でウイルスを送り込んだと考えるのが自然です」

「そんな方法があったとして、せいぜい感染源のユア・フォルマに不正アクセスするくらいしか思い浮かばない。でも、何れ(いず)も侵入の痕跡はなし。まるでマジックだ」

「どんなマジックにも仕掛けはあります。幸いにして、我々は彼の頭を覗(のぞ)くことができる」

「もしも万が一、ウリツキーが機憶を細工するか、抹消していたら？」

「このパンドラの箱が助けになるかも知れません」

ハロルドはいつの間にかデスクを開けて、一台のラップトップＰＣを取り出していた。

「彼はこれを使って、ウイルスを作っていたのでしょう。であれば、感染源にウイルスを送り込んだ方法が記録されている可能性もあります」

「そう上手(うま)くいくかな。まあもし全部が駄目でも、自白を引き出す手段なら他にも……」

突然、蹴破るような音が響く。

何だ？　エチカはぎょっとして振り向く——クローゼットが開け放たれ、人影がまろび出てきたところだった。薄手のワンピースをまとった若い女だ。蒼白な顔に鬼気迫る表情を浮かべ、痩せ細った手にシースナイフを握り締めていて。

「出て行って！　この、……！」

パーソナルデータを確認する暇すらない。

女が踏み込んでくる。エチカはとっさに脚の銃に手を伸ばし——駄目だ間に合わない！

「ヒエダ電索官！」

いきなり、真横から突き飛ばされた。エチカは大きくふらつき、床の上に倒れ込む。濛々と舞い上がった埃に思わず咳き込み——顔を上げて、息を呑む。

ハロルドが、真正面から女を受け止めていたのだ。彼は女の肩を摑み、慎重に引き剝がそうとする。だが、彼女は錯乱したように激しく暴れた。ハロルドを突き放した拍子によろめき、自ら壁に頭を打ち付ける。がつん、とえげつない音。そのまま、崩れ落ちていって。

一瞬のしじまが、室内に行き渡る。

危なかった。何てことだ。まさか人が隠れていただなんて。捜査官たちは見落としたのか——思考がぐちゃぐちゃと回り出す。そうじゃない。そんなことは後回しでいい。

「ご無事ですか、電索官？」

ハロルドは平然と立っている。しかしその腹部には、シースナイフが深々と沈み込んでいた。先ほど女を受け止めた時に刺さったのだろう。アミクスは人間を攻撃できない、例え相手が武器を持って向かってきたとしても——エチカが釘付けになっていることに気付いたのか、彼は「ああ」とナイフのグリップに触れてみせ、

「抜かないでおきましょう。循環液が噴き出すと部屋が汚れて、担当捜査官に怒られます」

「いや」問題はそこじゃない。「何で……どうしてわたしをかばった？」

「我々は何度でも修理できますから」

「ふざけないで」

「ご安心を。浅く刺さっているだけですし、漏出速度も遅い。何より痛覚をオフにしていますから、痛くも痒くもありません。それよりも、彼女のパーソナルデータは？」

有り得ない、こいつ正気か？　アミクスには感情があると主張するくせに、刺されても平気な顔をしているだなんて矛盾している——エチカは茫然としつつも、ハロルドに促されて女の顔を見る。毒にも薬にもならないデータが表示されただけだった。

「職業不定だ。ウリツキーが買っていた娼婦かも知れない」

「ええ、そして雇用主とトラブルになっている」ハロルドはクローゼットの中を覗き込み、

「彼女の靴や服が隠してあります。大方、ウリツキーがここで匿っていたのでしょう」

「とにかく」エチカはまだ動揺していた。「わたしは彼女のために救急車を呼ぶ。きみは修理

工場に連絡して。タクシーを呼んで、それを直しに行くんだ。今すぐに」

「ご心配なく。取り調べのあとで構いませんよ」

「馬鹿言わないで」一体どういう神経してるんだ？　ナイフが刺さってるんだぞ。「そんな状態じゃ電索できないでしょ。修理して」

「平気です、支障はありません。ですが」彼はコートの前を閉めて、刺さったナイフを隠す。「あなたのように過保護な人間が他にもいるといけませんから、ウリツキーの取り調べが終わるまでこのことは秘密にして下さい。ね？」

「ね？　じゃない。あと過保護でもない」

「お願いします」ハロルドの手が、エチカの腕に軽く触れた。「あなたが自分の人間関係を管理できるように、私も自分の体のことは隅々まで把握しています。全く問題ありません」

「それを引き合いに出すのはおかしくない？　ワーカーホリック過ぎる」

「救急車を呼ぶのでしょう？　私は外のアミクスに報告してきますよ」

取り付く島もない。彼がさっさと寝室を出て行くものだから、エチカはしばし立ち尽くす。アミクスのボディがどれほど頑丈なのかはよく知らないが、あそこまで言うのだから本当に大丈夫なのだろう。確証はないがそう思うしかない。それに、うっかりアミクスを心配するのもプライドが許さない——違う、そもそも心配なんかしていない。ただ、少し驚いただけで。

彼は、アミクスを嫌っている自分をかばった。

例え敬愛規律がそうさせたのだとしても、苦いものがこみ上げてくるのを抑えきれない。

ともかくも、救急車を呼ばなくては。彼よりもまずは人間が優先だ、そうだろう。

2

「俺はよく知らない。巻き込まれただけだ」

取調室の冷たいテーブルを挟み、ウリツキーとベンノが向かい合っている。ウリツキーは手錠をかけられた手を机上に投げ出し、先ほどからベンノを睨みつけていた。

「自分が犯した罪をよくよく振り返ってから物を言え」ベンノがたたみかける。「電子ドラッグの製造と売買、身分詐称、企業秘密窃盗、マフィアとの金銭取引……どんなに無垢な子供だって、お前の言うことだけは信じない」

「巻き込まれたんだ。脅されたんだよ」ウリツキーは繰り返し、「デスクに俺のPCが入ってる。どうぞ調べてくれ、そうしたら全部分かるさ。俺は何も……」

「もう技術支援チームに回してある」ベンノは突き放すように言い、「セキュリティが強情で、中々開かないそうだ。解き方を教える気はあるか？」

「分からない、俺も知らないんでね」

「今ここで自白すれば、娼婦を誘拐した罪は軽くしてやれるかもな」

「は……？」ウリツキーが、すうっと顔色を変える。「クソ、隠れてろって言ったのに……」

「錯乱状態で、うちの捜査官に襲いかかったそうだ。今病院で手当てを受けてるが、彼女からも電子ドラッグが検出されてる。攫ってどうするつもりだった？」

「誘拐じゃない。マニャは自分から俺のところに逃げてきて……」

「結構。昨日、退職したリグシティを訪れた理由は？」

「何を疑ってるか知らないが、前に担当した仕事のことで呼び出されただけだ」

　二人の様子をマジックミラー越しに眺めながら、エチカは首をもみほぐす。ウリツキーは知覚犯罪との関わりを否定しているが、荒っぽい態度で誤魔化そうとしているようにも見える。彼が犯人なのか、そうでないのか、自分には正直判別がつかない。

「どうしますか、トトキ課長。彼の言う通り、先にPCを調べます？」

「かなり時間がかかりそうよ」隣のトトキが、鼻から息を洩らす。「曰く、記憶装置に接続してみたものの、ファイルが全て暗号化されていて開けない。強制解除は不可能で、復号しようにも、複雑なパズルを解かないとパスワード入力に行き着けない始末らしいわ」

　何だそれは。「ウリツキーが自作したセキュリティということですか？」

「そう、暗号解読AI対策ね。だから解き方を知らないなんて有り得ない。私たちをからかって楽しんでいるんでしょう」

「断定は危険です」背後に控えていたハロルドが、口を挟む。「私にはどうにも、彼が嘘を吐いているようには見えません」

ハロルドの様子は、今のところ普段通りだ。コートを着たままだし、ご丁寧な腕組みもあって、誰も彼にナイフが刺さっているとは気付いていない。が、気がかりではある。別に心配なのではなく、その状態で電索に支障を来さないかどうかが不安なのだ。

彼はアミクスだし、部品さえ交換すればすぐに直る。

心配する理由がない、と心の中で呟く。

「私には、嘘を吐いているようにしか見えないわ」トトキが言いながら、ふと宙を見つめる。ユア・フォルマがメッセージを受信した時の動きだ。「いいタイミングね、電索の令状が届いた。ヒエダ、ウリツキーに接続してちょうだい」

エチカは頷く。トトキとハロルド、どちらの言い分が正しいかは、電索すれば一瞬で明らかになる。無論先ほども言ったように、ウリツキーが機憶を抹消していなければの話だが。

「行こう、ルークラフト補助官」

エチカとハロルドが取調室に入っていくと、ベンノは状況を察したようで、すぐに席を立った。すれ違いざまに部屋を出て行く。

ウリツキーがこちらを見て、怯えたように瞠目した。「あんた、まさか……」

「令状が下りました」エチカは言った。「あなたのユア・フォルマを調べます。立って」

ウリツキーは奥歯を食いしばるようにして、渋々従う。ハロルドがすかさずその腕を捕らえて、取調室の隅にある簡易ベッドへと連れて行く。彼がウリツキーをうつ伏せに押さえたところで、エチカは有無を言わさず、用意していた鎮静剤を注射した。

　ウリツキーが脱力したのを確かめてから、コードを繋ぎ、トライアングル接続を作る。

「補助官、何か問題は？」

「ありません。……どうされました？」

「え？」エチカはそこで、自分がうっかり彼を覗き込んでいたことに気付く。「いや」

「いつもこのくらい近づいて下さって構いませんよ」

「……いちいちふざけないで」

　ハロルドはいかにも平気そうだ。どこまで信用していいのか分からないが、ナイフのことを口に出して確認するわけにもいかない。マジックミラー越しに、トトキとベンノが見ている。

　やるしかないか。

　それに、万が一のことがあってハロルドの頭が焼き切れたとしても、別に構わない。どうせいつものことなのだから――何でこんなことを自分に言い聞かせなきゃならない？　馬鹿馬鹿しい。深く息を吸い込む。鉛が溶け出しているかのような空気に、胸が浸されて。

　電索のことだけを考えろ。

「始めよう」

　そう口にした途端、慣れ親しんだ電子の世界へと落ちた。表層機憶へと沈んでいく――未明の機憶。薄暗いアパートの階段を上る。帰宅したウリツキーを出迎えるのは、あの娼婦だ。彼女に対する、身を焦がすような執着を感じる。二人はビジネスの関係ではなく、愛し合っていたのか——違うここじゃない、知覚犯罪だ。彼が、どうやって感染源にウイルスを送り込んだのか。まずは昨日、リグシティを訪れた際の機憶を、

『いや！　ぜったいわたさない！』

はっきりとした響きで、割り込んでくる。ウリツキーじゃない。エチカ自身の幼い頃の声で

——逆流だ。またか。触れる場所を間違えた。

戻らなきゃ。

戻れない。

気付けば、あの日にいる。

『エチカ』父の冷たい眼差しが、エチカを見下ろしている。『プロジェクトは中止になった。他の人たちは皆、具合が悪くなったんだ』

『分かんないよ、ぐあいがわるいって何？　わたしはへいきだもん！』

『お別れを言いなさい、エチカ』

父の大きな手が肩を摑む。振りほどこうとしても逃げられない。うなじに触れる指。怖い。

嫌だ。やめて。やめて！

『殺さないで』エチカは呻く。涙が溢れて、頰を濡らす。『お願い殺さないで！』

落ち着け、ただの過去の残滓だ。見るべきものはここじゃない――父の姿が遠ざかる。そうだ、それでいい。ウリツキーへと戻るんだ。けれど、どうあがいても吸い込まれる。逆行する。

『エチカ、何してるの？』

姉が心配そうに、こちらを見ている。エチカの両手は今まさに、父のデスクを漁っている。そうしてついに、探し物を見つけ出す。父が沢山持っていた、美しい半透明の記憶媒体。小指の先ほどしかないそれは、窓から注ぎ込んだ月明かりに触れて、氷の結晶のように煌めいて。

ひとつくらい盗ったって、きっとばれやしない。

『わたしは、おねえちゃんとずっと一緒にいるの』

その言葉を聞いた姉は――姉は、一体何と言ったのだったか？

『エチカ、よく聞いて。私は』

ぶっつりと、途絶えた。

弾けるように光が戻る。体が重力を思い出し、取調室へと引き戻され――エチカはとっさに、うなじに手をやった。〈命綱〉が抜けている。思考が鈍い。頭の中では、まだ父と姉の声が響いていて。

抜けたのは、〈命綱〉？〈探索コード〉ではなく？

引き揚げられたわけじゃない、と気付く。

一気に目が覚める。

鮮明になった視界が捉えたのは、
ゆっくりと倒れていく、ハロルドの姿だった。

――嘘だ。

彼の体が容赦なく、硬い床に叩き付けられる。まるで、放り出された人形のように。そのまま脱力して、一切動かない。物みたいだ。そうだ、アミクスは物だ。知っている。

けれど。

背筋が、燃えるように冷たくなっていく。

エチカはとっさに、ハロルドへと歩み寄った。瞼がうっすらと開いている。息はしていない。いや、もともとアミクスの呼吸は擬似的なものだ。コートの前が開き、腹部に突き立てられたナイフが露わになっている。セーターがべったりと黒く濡れて。循環液の色だ。人間で言えば血液のそれ――どこが浅く刺さっている、だ。大嘘じゃないか。どうして無茶をした。どうして彼の言葉を信じた？

誰かが取調室のドアを開けたようだった。トトキか、ベンノか、あるいは二人ともか。怒号が響く。聞き取れない。ぼやけている。

ハロルドの頬は、陶器のように白い。

「ルークラフト補助官」

自分の声がやけに遠くて。

「しっかり……」

　エチカは膝をついて、彼を揺さぶる。反応なし。口の中が渇いていく。自分か、ナイフか。一体どちらが原因だ？　ナイフならばまだいい。ボディは幾らだって修理できるはず。でももし、繊細な頭脳部分が焼き切れていたら——別にどうでもいいことだ、そうだろう。今まで通り、そう思えばいい。

　どうでもいい。

「起きるんだ、ルークラフト補助官」

　どうでもいいはずだ。

「ねえ、補助官…………ハロルド！」

　どうでもいいと言え！

「——ヒエダ！」

　我に返る。トトキが睨むようにして、こちらを見下ろしていた。ベンノもいる。彼は唖然とした顔でハロルドを眺めていて——エチカはどうにか息を吸う、いや吐いたのか、分からない。

「どうしてすぐに報告しなかったの！　彼に何かあったら取り返しがつかない！」

「すみません」唇は、ほとんど反射的に謝る。「ごめんなさい、わたしが」

「冗談だろ」ベンノが呟く。「こいつ、刺されたまま動いてたのか？」

「修理工場に連れて行く、最優先よ！　ベンノ、彼を運ぶのを手伝って。足を持つの、早く！」

トトキがハロルドの上半身を抱えるが、ベンノの動きは鈍かった。彼には、たかだかアミクスに必死になるトトキが理解できないのだろう。だが、エチカには分かる。ハロルドは特別だ、代わりがいない。機体としての性能も、彼自身が持つ捜査官としての能力も。

だとしても、大嫌いなアミクスだ。自分が動じる理由は、何一つない。

なのに気付けば、エチカは居ても立ってもいられず、ハロルドを抱えあげるのを手伝っている。手の震えが止まらない。馬鹿みたいだ。いつもは抑え込める感情が、膨れあがって滲み出してくる——自分のせいだ。ハロルドが無茶をしていると気付けなかった。無理矢理にでも言いくるめて、修理させるべきだったのに。

見たくない。

もう、パートナーが倒れる姿は、見たくない。

何で今更、そんなことを思う？　違う、ずっと抑えてきた。何も感じないふりをして、思考を止めてきただけ。

——今後、私のパートナーを侮辱しないで下さい。

認めなければならない。心の奥底に押し込めたはずの無責任な自分は、きっと、少しだけ嬉しかった。多くの補助官を苦しめた人間として、最低だ。自分勝手だ。

でも、たとえプログラムの優しさでも、あんな風に言われたのは初めてで。

孤独でも困らない？　一人のほうが気が楽だって？

嘘吐き(うそつ)め。飢えすぎだろう。

3

修理工場を後にしたのは、深夜のことだった。

ニーヴァは滑るように、ペテルブルク市内を走っていく——大晦日(おおみそか)とあって、街はえらく賑(にぎ)やかだ。陽気に出歩く人々が無数の影を散らしている。トロイツキー橋の前を通りがかると、シャンパンを手にした人たちが詰めかけて、今か今かと新年を待っていた。

「年が明けたら一斉に、凍ったネヴァ川めがけてコルクを飛ばすんですよ」

エチカは助手席を見やる——ハロルドが窓枠に腕をかけて、楽しげに外を見つめている。今の彼は出荷されたばかりのアミクスと同じく、薄手のタートルシャツ一枚だ。もともと彼が着ていたセーターとコートは、循環液で汚れたがために廃棄せざるを得なかった。

結論から言えば、ハロルドの頭脳は無事だった。

修理の担当者——量産型とはかけ離れた彼の規格に、困惑を隠せていなかった——曰(いわ)く、ハロルドが意識を失ったのは、電索による負荷が一時的に高まったせいだ。彼のシステムは当時、損傷による循環液の漏出を可能な限り少なくするため、使用回路を限定していたのだという。

その影響でパフォーマンスが低下し、過負荷による機能制限状態に陥って倒れた。

ハロルドが暢気に言う。「私たちもシャンパンを買って、カウントダウンに参加しますか？」

「冗談でもやめて」

「電索官、ここはロシアです。十九歳のあなたが飲酒しても、罪には問われませんよ」

「そういう意味じゃない」エチカは彼を睨む。「きみはしばらく絶対安静だ。いいね？」

「もう平気です、何ともありません」

「いいや駄目だ。再手術が終わるまでは大人しくしていて」

実のところ、ハロルドはまだ完全には修理されていない。もともと彼のボディに使われているケーブルは、量産型のアミクスとは異なるらしい。きちんと直すには、ノワエ・ロボティクスの本社があるロンドンから正規パーツを取り寄せなければならず、今日はあくまでも一時的な補修をしたに過ぎない。幸い、さほど時間はかからないらしいが。

「課長に殺されたくなかったら言うことを聞いて。きみの修理中、二回も電話をかけてきた」

「何れも捜査の進捗報告でしょう？」

「それもある。今わたしたちに代わって、支局の電索官がウリツキーに潜っているらしい。ただ、あの人がきみを心配しているのも本当だよ」

「猫好きのよしみでしょうか」ハロルドは軽口を叩いたが、すぐに笑みを薄める。「すみません、色々と迷惑をかけてしまった……私の不注意が原因で、捜査を滞らせたくなかったのです。

が、裏目に出てしまいました」

　エチカは黙って、悴(かじか)んだ手をステアリングに置く――ハロルドがこうなったのは、自分の責任だ。少し考えれば、すぐさまトトキに報告すべきだと分かったはずなのに、彼の平然とした振る舞いを信用した。もっと言えば彼に守ってもらったにもかかわらず、アミクスを心配したくないという下らないプライドに固執したがために、こんな事態を招いたのだ。これでもしハロルドが致命的に故障していたら、取り返しがつかなかった。

　本当は、レストランの帰り道で見透かされた時から、分かっている。

　自分はアミクスを嫌いだと突っぱねることで、どうにかちっぽけな自尊心を守ってきた。そうやって父親から受けた傷に、最もらしい理由の麻酔を打って、痛みを誤魔化している。

　どこかでは気付いている。

　スミカが、悪かったわけじゃない。

「寒いでしょう」ハロルドの手が、暖房のスイッチを入れる。「私のことはお気遣いなく」

「ああ……つけるのを忘れていた」

「嘘(うそ)が下手ですね、電索官」

「嘘(うそ)じゃない」嘘(うそ)だけれど。「本当に忘れていただけ」

　やがてモスコフスキー地区に入り、ニーヴァは、ペールカラーに塗り上げられたアパート――日本におけるマンションに相当する――の前に停車する。

そこが、ハロルドの家だった。

エチカはこれまで、彼が支局に所有されているアミクスなのだとばかり思っていた。ハロルドに家族がいると聞いたのは修理工場を出る直前、つい数十分前のことだ。プライベートな話題を避けてきたため、全く知らなかった。かなり驚いているし、ややショックでもある。

知らず知らずのうちに、彼も、自分と同じく一人きりだと思い込んでいた。

車を降りたハロルドの足運びは、実にぎこちなかった。ケーブルを代用している影響で伝導率が下がり、特に右足の可動に影響が出ているのだ。エチカは、遠慮する彼に肩を貸して歩き出す。アパートを見上げると、無数の窓から幸せそうな光が漏れ出していて。

そのあたたかな色味に、どうしてか胸が焦げ付いた。

一瞬の感傷をもみ消すように、外壁のホロ広告が反応する。マトリクスコードを読み取り、勝手に展開するブラウザ——全く、こんな時まで。

エントランスを抜けてエレベーターに乗り込むと、嫌でも沈黙が染みた。肩にかかっているハロルドの腕が、やけに重たく感じる。

「電索官」彼の声が降ってきた。「私のことで、罪悪感を覚える必要はありませんよ」

「そんなものはない」虚勢が滑り出る。実際はその通りなのに。「トトキ課長にきみを頼まれたから、こうして面倒を見ているだけ」

「私が怪我をしている時くらい、素直になって下さってもいいのでは？」

てる」

「…………」エチカは唇の裏を噛む。何と言えばいいのか分からない。「……心配は、少しし

ハロルドが微笑む気配がしたけれど、どうにも顔を見られなかった。

彼の家は、五階の六八号室だった。エチカはドアベルを押して、落ち着かない気分で待つ。ブーツの中で指を曲げ伸ばしして、ふと、今し方消したブラウザのことが頭をよぎり、

突如、点と線が繋がったように思えた。

思考を断ち切るように、玄関の二重扉が開く——顔を出したのは、すらりとした可愛らしい女性だ。華やかな目鼻立ちに、大きく見開かれた淡い瞳。波打つ髪と、首に巻かれたチョーカー——うなじの接続ポートを隠しつつお洒落を楽しむための、流行ファッションだ。

〈ダリヤ・ロマーノヴナ・チェルノヴァ。三十五歳。職業、ウェブデザイナー〉

「ああハロルド、支局からお電話をもらったのよ。おかえりなさい……！」

ダリヤがすかさず腕を広げて、ハロルドを抱擁する。エチカは慌てて身を引いた。

「修理は終わったのね？　もう大丈夫なの？」

「まだ仮退院だそうですが、平気です」ハロルドも当たり前のように、彼女を抱き返す。「ダリヤ、心配をかけて申し訳なかった」

何なんだ？　エチカは戸惑いを隠せない。幾ら何でも距離が近すぎやしないか。これでは所有者とアミクスというよりも、まるで——。

「本当に無茶ばかりするんだから……少しはこっちの身にもなってちょうだい」

「私は必ず帰りますよ。いつだってそうでしょう？」

腕をほどいたダリヤに、ハロルドは見たこともないほど優しい笑顔を向ける——どうにもいたたまれなくなってきた。

「ええと、それじゃルークラフト補助官、わたしはこれで……」

「ああ待って」ダリヤが引き止めてくる。「上がって行って下さい。お礼をしないと」

「いえ結構です、もう失礼します」

「そんな、遠慮しないで」

ウエットなコミュニケーションは苦手だし、御免だ。ましてや自分は事態を悪化させただけで、感謝されることなどひとつもしていない。だから固辞しようとしたのだが、

「電索官、彼女の頼みを聞いてやってくれませんか。ほんの少しの時間で構いませんから」

ハロルドまでそんなことを言い出す。できれば遠慮したいところだが、更に突っぱねるのも気が引けた。エチカは結局、頷(うなず)くしかなくなる。

玄関に招き入れられると、ルームフレグランスが柔らかく漂った。北国の屋内特有の、ぽかぽかとあたたまった空気に包み込まれ、寒さでこわばった体がほどけていく。

「このあたりで靴を脱いで下さいね」ダリヤが足許(あしもと)を示しながらそう言い、「ハロルド、あなたはもう休んだほうがいいわ。彼女は私がおもてなしするから」

「ダリヤ。私は人間とは違うのですよ、休まずとも平気です」

「たまには言うことを聞いて」ダリヤがハロルドの背中を押す。「ほら、こっちよ」

二人がそのまま奥へと消えてしまったので、エチカは一人で靴を脱いで、コートをポールハンガーに引っかけた。壁にかかっていた鏡と目が合い、つい髪に指を通して――何をやっているんだ、馬鹿馬鹿しい。いきなりこんなことになってしまって緊張していた。落ち着かない。

深呼吸すると、満ち足りた優しい匂いが染み込む。

自分が知っている『家』は、もっと他人行儀で、無機質だ。

まもなくダリヤが戻ってきて、キッチンに案内してくれた。決して広くはないが、小綺麗に片付いていて、冷蔵庫のマグネットひとつを取っても宝物のように見える。壁には落葉樹のウォールステッカーが貼られ、緑の葉をひらひらと散らしていた。

ダリヤはエチカをダイニングテーブルに着かせると、紅茶と苺の砂糖煮を運んでくる。

「大晦日なのにこんなものしかなくてごめんなさい。最近はあまり料理をしなくなってしまって……」彼女が向かいに腰を下ろす。「ハロルドがご迷惑をおかけして、すみませんでした」

「いいえあの、こちらこそ」そもそも彼が負傷したのは、元を辿れば自分のせいなのだ。「申し訳ないです、すぐにお暇しますので」

「私が引き止めたんです、ええと」

「ヒエダです」そうだ、民間人には自己紹介が必要なのだった。「申し遅れました」

「警察の方にはよくあることです、お気になさらないで」

　仕事以外で他人と話すことには慣れていない。エチカがぎこちなくカップを引き寄せると、どうしてかダリヤは微笑んだ。愛らしいえくぼができる。

「ヒエダさんのことはハロルドから聞いています、面白くて可愛い人だって」

「はは」乾いた笑いが出る。彼女は気付いていないが、その評価はどう考えてもただの皮肉だ。

「彼、ナイフのことを黙っていろと言ったんですって？　時々、信じられないくらい馬鹿なことをするんですあの子。仕事に熱心すぎるところがあって……」

　ダリヤの表情は瑞々しくて、生き生きとしていた。初対面の相手とも気さくにお喋りできるのは、ある種の才能だとエチカは思っている。少なくとも、当たり前のように愛し愛されることを知っていなければ、こんなに人好きにはならない。どことなく、羨ましい。

「お陰様で今回は無事でしたけれど、そのうち命まで失うんじゃないかって冷や冷やするわ」

「ええ。奥様のためにも、今後わたしもこのようなことがないよう注意しますので……」

　エチカがそう言うと、ダリヤはきょとんと目を丸くする。かと思いきや、彼女はまたたくまに相好を崩した。声を上げて笑い出す。

「彼はそんなんじゃないわ、大事な弟みたいなものです。それに私、結婚していますから」

しまった――エチカは失言を悔いる。夕べハロルドが、人間とアミクスのカップルに言及していたせいだ。彼とダリヤは親しげだし、てっきりそういう関係なのかと。

「すみません」かなり恥ずかしかった。「その、失礼なことを」

「いいの」幸い、ダリヤは少しも気にしていないようだ。「ハロルドは、私の夫が連れてきたんです。三年くらい前だったかしら。ある日突然、あの子を拾って帰ってきたんですよ」

エチカは、カップに触れようとした手を止めてしまう。「……拾った？」

「ええ。夫は市警の刑事だったんですけれど、事件の捜査中に出会ったとかで。うちにはアミクスがいないから丁度いいだろうって」

まさか。「彼は、浮浪アミクスだったということですか？」

「そう、見えないでしょう？　とっても綺麗なモデリングですし。『ＲＦモデル』って言うそうなんです。英国の王室に贈られたアミクスだとかで、特別なんですって」

「え、英国王室？」立て続けに頭を殴られたようなショックを受ける。「冗談ですよね？」

「私もそう思いました」ダリヤはくすくす笑う。嘘だろう、本当に？「最初は信じられなかったけれど、当時のニュース記事を調べたら事実だって分かったの。前の女王陛下の、即位六十周年の贈り物だそうです。ハロルドは三つ子らしくて、他にも同じモデルが二人いるみたい」

スティーブのことだ、と気付く。つまり、彼とハロルドが一緒に働いていたのは、英国王室だったということか。

信じられない――エチカは驚きのあまり、ぽかんとダリヤの顔を見つめるしかなくなる。確かにハロルドといいスティーブといい、金を出し惜しまずに作られたアミクスなのは一目見れば分かるが……しかし、ロイヤルファミリーへの寄贈品だったとは。

トトキはこのことを知っていたんだろうか？

「RFモデルは、普通のアミクスよりもずっと賢いそうなんです。何だったかしら、次世代型汎用人工知能？　沢山資金を投じて、試験的に作られたとかで……ハロルドって、普通のアミクスよりもちょっと人間らしいと思いませんか？　個性があるというか」

「ええ、はい、ちょっとどころか……」

「そういうのも全部、最新技術のお陰なんですって。すごいことですよね」

つまり、ハロルドとスティーブが同じモデルでありながら両極端な性格をしているのも、次世代型汎用人工知能の恩恵というわけだ――ダリヤは納得しているようだが、エチカは何だか腑に落ちなかった。

自分はあまりアミクスに詳しくない。だが仮に『最新技術』を用いたからと言って、今現在公表されている人工知能テクノロジーの範囲内で、彼ほど人間に近いアミクスを作れるものなのだろうか。

「何年か前に、女王陛下が亡くなりましたでしょう？　ハロルドから聞いたんですけれど、RFモデルはその時に、陛下の遺言で慈善団体に寄付されたそうなんです。けれどほら、すごく高価なモデルだから……」ダリヤは言い淀んで、自分のカップを口に運んだ。「その、盗まれてしまったんですって。よくない人たちに。それから闇オークションにかけられたとかで……その後も色々あって、ハロルドは一人でペテルブルクをさまようことになったみたい」

エチカは、どんな表情をしていいのか分からない。リグシティでテイラーから聞かされた、スティーブの話を思い出していた——スティーブは人間たちに転売を繰り返され、苦しんできた。ハロルドにもまた、辛い時期があったということか。

ただ。

「これは、わたしが聞いてしまってもいいことなんですか。今お話しになっている……」

「確かに、大きな声では言えないわ。特に王室のことは。ハロルドがまた悪い人たちに狙われるかも知れないから……でも、あなたは彼のパートナーですから」ダリヤはにっこりと笑い、「あの子も、どうして言わずにいたのかしら」

「それは……捜査が立て込んでいたからだと思います。お互いのことを話す機会もなくて」

分かっている。エチカが深入りされることを拒んだのだ。彼は馴れ馴れしい振る舞いを見せながらも、一応は一線を引いていてくれたわけか——紅茶に口をつけると、この上なく穏やかな味がして、何となく胸が疼いた。

「そういえば、ご主人もうちの支局に移られたんですか？　それとも、今も市警に？」

つい話を逸らそうと、カップを置きながら問いかける——だが、訊ねたことを後悔した。ダリヤの笑顔が、明らかにこわばったからだ。

「主人は……、亡くなったわ。一年半前に」

薄桃色の唇は、辛うじて弧を描いたまま。

「友人派連続殺人事件に巻き込まれて、殺されたんです」

帰り際、エチカはハロルドの寝室に足を向けた。今更だが、こうしてアミクスに自室を与えるあたり、ダリヤはかなりの友人派と言えるだろう。

半開きになっているドアをノックする。「ルークラフト補助官、わたしだ」

「電索官？　どうぞ入って下さい」

エチカはドアを押し開ける——ネイビーとダークブラウンを基調にした、シックな一室だった。壁一面のニッチ棚には、読み込まれた紙の本と観葉植物、ニーヴァの模型が飾られている。窓辺のデスクはきちんと整頓され、アナログな写真立てが並んでいた。ダリヤとともに、一人のロシア人男性が写り込んでいる。ハロルドと同じセーターを身につけて——そうか。ニーヴァもあの服も、何もかも亡くなったダリヤの夫の持ち物か。

ここはもともと、彼の私室だったのだ。

嫌でも、苦いものがこみ上げる。

「ダリヤはどうしました？」

ハロルドは私物のシャツに着替えて、ベッドに腰掛けていた。せめて体を横たえたらどうだ。いや、アミクスはどんな姿勢でも——直立不動でも——スリープモードに移れるのだったか。

「ご友人たちとホロ電話中だよ、カウントダウンパーティに引っ張り込まれたらしい。彼女を心配させないためにも、大人しくベッドに入ったらどうなの？」

「何度も言いますが私は平気です。今のうちにお伝えしておきますが、明日も出勤しますよ」

エチカは心底呆れた。「わたしだったら、パーツが届くまで喜んで休む」

「そして昼まで、ベッドの中でごろごろするのでしょう？　寒がりの猫みたいに」

「うるさいな。いい？　これは課長からの命令でもある。もう少し素直に……」

「私に何か話したいことがあるのでは？」

エチカはぐっと顎を引いてしまう。確かにその通りだ。自分は仕事の話をするつもりで来た。なのに、彼に指摘されて真っ先に頭を掠めたのは、先ほどダリヤから聞かされたそれで。

ハロルドの過去のこと。

殺された彼女の夫のこと。

何となく、知ってしまった気まずさが背筋を伝い落ちる。

「電索官」彼が目を細めた。「ダリヤから、私のことを聞きましたね？」

「いや」とっさに否定してしまう。「わたしは何も……」

「隠さなくても構いませんよ。むしろ、彼女があなたに話してくれてよかった。私だけがあなたのことを知っているのは、あまりフェアではありませんから」

エチカはため息を堪えた——一体どうしたら、このアミクスに隠し事ができるのだろう？

ダリヤ曰く、ハロルドは亡くなった彼女の夫を慕っていたらしい。夫のソゾンは、鋭い観察眼を持つ敏腕刑事だったという。ハロルドの目を育てたのも、彼だ。

一年半前。ソゾンは、ペテルブルク市内で起きた友人派連続殺人事件を担当していた。

おぼろげだが覚えている。きっかけは定かではないが、その時期は各国で友人派を狙った事件が多発していた。中でもペテルブルクの友人派連続殺人事件は猟奇的で、その残虐性は『ペテルブルクの悪夢』という二つ名とともに、世界的に報じられた。エチカも、ニュース記事を読んだ一人だ——四人の被害者のうち、三人は一般市民、残る一人は事件の担当刑事だった。

ソゾンは犯人に誘拐され、行方を眩ました。

当時、ハロルドはソゾンの相棒として、市警の強盗殺人課にいた。彼は残されたわずかな手がかりから、独自に捜査を進め、同僚たちよりも早くソゾンの居場所を突き止める。だが当時、ハロルドの実力はアミクスであることを理由に認められておらず、誰も耳を貸さなかった。

結局、彼はたった一人で、犯人のもとに乗り込んだ。

『あの子は未熟だったんです』ダリヤの声が蘇る。『一人で何とかできると思い込んでいた』

犯人は空き家の地下室で、ソゾンを監禁していた。ハロルドは彼を助け出そうとして、自らも捕らわれる。翌日、ハロルドの位置情報を頼りに駆けつけた警察は、茫然自失としたハロルドと、バラバラの遺体を発見したらしい——それこそが、ソゾンのなれの果てだった。

その後のハロルドの証言で、犯人が半日がかりでソゾンを拷問し、生きたまま手足と首を切断して殺害したことが明らかになった。最後は、犯行の証拠となりうる機憶を隠滅するため、ソゾンの頭からユア・フォルマを引き抜いて持ち去ったという。

ハロルドはその有様(ありさま)を終始、目に焼き付けさせられた。犯人は彼を地下室の柱にくくりつけ、決して顔をそらせないように頭を固定していたのだ。警官たちは、ハロルドの記憶(メモリ)を通して凄惨な犯行を目にし、怖気立(おぞけだ)った——犯人は、捜査関係者に警告としての恐怖を与えるためだけに、ハロルドを生かしたらしかった。

ハロルドに目立った外傷はなかったが、ノワエ本社で緊急メンテナンスを受けた。何せ彼は、異常者の手で家族がじわじわと殺されていく空間に押し込められ、助け出すことも目を背けることも叶(かな)わなかったのだ。不可抗力とはいえ、それは敬愛規律に矛盾する。システムに異常が生じていてもおかしくはなかったが、幸いにして正常を保っていたらしい。

しかし、ダリヤは不安に思っている。彼はずっと何かを押し込めているように見える、と。

『だって監禁されている時、あの子は何度も犯人に言われたそうなの。「お前はアミクスだから、主人がバラバラにされたって何も感じないだろう。お前らには心なんてない、全部偽物(にせもの)なんだ」って……そんなことを言われて、平気なわけがないわ』

エチカは、自分が口にした言葉を思い出す。

——きみたちのそれは別物だ、もっと空っぽでしょ。

自分のちっぽけなプライドのために、一体どれほど、彼を傷つけただろう？

「その」下唇を舐める。紅茶の苦みが、まだこびりついていて。「何というか……夕べはきみに対して、色々と、失礼なことを言ってしまって……」

エチカはうつむく。ハロルドのほうを見られないまま、掠れた声で続ける。

「きみの言う通りだ。わたしは……父と上手くいかなかったことを、アミクスのせいにしてる。何かに責任を押しつけないと、自分を保てなかった。子供だったから」こんな風に自分の胸の内を他人に明かすのは、初めてだった。ずっと、誰にも心の中を見られたくないと思ってきた。けれど、この期に及んで黙っていられるほど、卑怯でもいられなくて。「本当は、どこかでちゃんと理解していたよ。悪いのは、アミクスじゃなくて父のほうで……でも、どこでこの虚勢を終わらせればいいのか、分からなくて。自分を守るために、きみを傷つけた」

それだけじゃない。本当は——本当はきっと、アミクスが羨ましい。簡単に人の心に滑り込んで、受け入れられるすべを持った彼らのことが、羨ましい。

自分は何をしたって、一番愛されたかった人からは、愛されなかった。

愛される価値がない子供だったのだと、認めたくなかった。だから全てをスミカのせいにした。そうすれば、父にはまだ自分を愛してくれる可能性が残っていた、と信じられたから。

ただの妄執だ。そんなもの、はじめからどこにもないのに。

わたしは幼くて、弱い。

「ごめん」

エチカはそうっと顔を上げる。ハロルドの眼差しはひどく静かで、どこか逃げ出したくなるほど真っ直ぐに、こちらを見つめていた。

「確かにあなたの発言は、私にとっては受け流せないものでした」しかし、と彼は呟く。「だからといって、私のやり方も適切ではなかった。改めてお詫びします」

あなたを傷つけて、申し訳なかった。

彼は何の慰めも口にしない代わりに、ただそう紡ぐ。本当に触れられたくないものには、互いに触れずにいる。そういう遠回しな優しさは、妙に居心地が悪くて。

ほんのわずかな間、染み込むような沈黙が舞い降りた。

「電索官」ハロルドが、優しく囁く。「もしよければ、仲直りの握手をしませんか？」

エチカは戸惑う。「え？」

「ダリヤと喧嘩をした時は、いつも握手をして仲直りをするのです。ですから、あなたともそうできたら嬉しい」

「いや、わたしは別にそこまでは……」

「お願いします」

ハロルドが、やんわりと手を差し出してくる。エチカはためらったが、彼が引き下がろうとしないので、結局はぎこちなくその手を握った。ハロルドの掌はアミクスらしい温度で、人工皮膚特有の滑らかな感触が伝わってくる——すぐにほどくつもりが、彼は中々離そうとしない。

「……ちょっと？」

「ああすみません」ハロルドは気付いたように、ぱっと手を開いた。「初めてお会いした時も握手に応じて下さらなかったので、何だか感慨深くて。あなたの手、とても小さいんですね」

　こいつ……調子を取り戻すのが早くないか？

「わたしに媚を売ったところで、きみには何の見返りもないよ」

「知っています」彼がにっこりと微笑む。「ですが本当は、私のことをそれなりに気に入って下さっていますよね？　何せ私が倒れた時、あなたは必死で呼びかけてくれた」

「は？」エチカは反射的に硬直する。「な、んでそれを」

「アミクスの聴覚デバイスは、シャットダウンしない限り常に動作していますから。人間が、眠っている間も音を聞いているのと同じですよ」

　それじゃあ、まさか。

　彼は澄んだ瞳を柔らかく細めて、

「普段からハロルドと呼んで下さっていいのに。エチカ」

　死ねいや死にたい。

「どうしました？　ひょっとして照れています？」

「黙って今すぐ寝て二度と起き上がらないで！」

「二度と？　私がいなければ、電索に支障を来すのでは？」

撤回しよう。アミクス嫌いは虚勢だとしても、こいつのことはわりと嫌いだ。

エチカは、苛立ちと恥ずかしさを押し殺し――ふと耳の奥で、ダリヤの声が息を吹き返す。

『彼は何も言わないけれど、やっぱり事件のせいで変わってしまったと思うの。前よりもずっと捜査にのめり込んで、無茶ばかりするようになっているから』

ペテルブルクの悪夢は、未だに解決していない。ダリヤ曰く、犯人は現在も逃走している。ハロルドは犯人と接触しているが、犯行時は常に覆面を身につけていたために人相が分からず、性別と声、身長や体格以外の手がかりはない。ここ半年は捜査もほとんど打ち切られ、細々と目撃者を探すだけに留まっているらしい。

ハロルドはソゾンの事件を再捜査したいと考えているはずだ、とダリヤは言った。

『でも、アミクスは事件を担当できないでしょう？　そこへ、あなたの補助官の話が舞い込んできて……もともと彼がRFモデルだというのは、ソゾンと強盗殺人課の課長だけが知っていたんです。けれど事件がきっかけで、警察の上層にまで知れ渡ってしまって。上の人たちは、ハロルドは他のアミクスよりも優秀だから、補助官も務まると考えたみたい』

ダリヤの瞳は、はっきりと陰っていた。

『きっと彼はこう考えているわ……優秀なあなたの補助官を続けていくうちに、ソゾンを殺した犯人の手がかりが摑めるかも知れないって。そのためなら、きっと沢山無茶をするでしょう。私、本当に心配で……』

「ルークラフト補助官」

彼の気持ちは理解できる。だが、死んだソゾンのために残されたダリヤを不安に晒しては、本末転倒だ。

「きみにはちゃんと、きみの帰りを待ってくれている家族がいる。そういうのは何て言うか……とても貴重な存在だ。望んで得られるものじゃない」

少なくとも彼は、待ってくれる人などいなかった自分とは、違う。

「きみはもっと、自分を大事にするべきだ」

4

ハロルドはどう受け止めたのか、かすかに眉を動かした。「それは、どういう意味でしょう?」

「…………分からないのなら、いい」

エチカは唇の内側を噛む。彼はアミクスだ。何度でも修理が利く機械にとっては、人間側が抱く不安など、一方的で的外れなものでしかないのだろう。でも、どうしても口にせずにはいられなかった。居心地の悪さを誤魔化そうと、わざとらしい咳払いをして。

　そもそも、だ。

「言い損ねていたけれど、わたしがきみの部屋に来たのは捜査について話すためだ」

　ハロルドは目をしばたたかせた。「それなのに、私に『今すぐ寝ろ』と仰ったのですか？」

「揚げ足を取らないで」

「あなたも大概ワーカーホリックですね」

「きみにだけは言われたくない」エチカはゆっくりと鼻から息を吸い、「茶化さず聞いて」

　彼は何かを察したように、ふざけた態度を引っ込めた。「分かりました」

　自分たちは、ウリツキーの電索を中途半端な形で終えざるを得なかった。しかしこの推測が正しければ、捜査は一歩前進したことになるはずだ。

　エチカはハロルドをじっと見据え、

「恐らくだけれど、ウイルスの感染経路が分かったと思う」

　彼がやんわりと瞠目する。それだけで口を開こうとしない。まるで、こちらが「ジョークだ」と言い足すのを待っているようにも見えた。だが当然、これは冗談などではない。

「補助官。きみはウリツキーがウイルスを、感染源自身も含め、誰にも気付かれないような形で送り込んだんじゃないかと言った。あの時のわたしは、不正アクセスでもしない限りそんなことはできないと答えたはずだ。でも、他にも方法があったと気付いた」

エチカは窓のほうを一瞥して、

「ホロ広告のマトリクスコードだ」

自分はこのアパートに入る直前、うっかりホロ広告のマトリクスコードを展開し、ブラウザを立ち上げてしまった。そこで気が付いたのだ。ユア・フォルマユーザーは、広告のコードからブラウザを開いては閉じる、といった動作を日常的に繰り返している。わざわざ意識すらしないほどに。だからもしホロ広告が感染経路なら、感染源たちに自覚がないのも頷ける。

「いいえ、その推測は不自然です」ハロルドが静かに反駁した。「そもそもホロ広告のコードからブラウザが立ち上がれば、ユア・フォルマの履歴や機憶に残ります。ましてやそれが感染源に共通する行動なら、電索の際に気付くはずだ」

「そう、でも使われたのが電子ドラッグ用のマトリクスコードなら？　ドラッグなら、単にコードを読み込むだけだから、ブラウザは起動しないし履歴にも記録されない」

「なるほど。電子ドラッグのコードを、通常のコードに擬態させたのですか」

「恐らくは。しかも、広告アルゴリズムを提供しているのはリグシティだ。ウリツキーは見学ツアーを通じて感染源たちの個人情報を盗み出し、アルゴリズムに干渉したんじゃないかな。自分が疑われないために、退職したあとで感染が起こるようウイルスのコードをセットした」

「もともとアルゴリズムを調整しているのはリグシティですから、工作したところで不正アクセスとは見なされない。そのせいで、痕跡も残らなかったのですね」

「それでいて、ホロ広告は日常的に流し見ているもののひとつだ。だから、機憶を覗き見たわたしたちも見落とした。それどころか、着目すらしていなかった」

もっと早くに、この可能性に思い至るべきだった。エチカは爪を噛みたい気分になる。

「この推測が事実なら、感染源たちの機憶には共通するウイルスのホロ広告が映っていたはずだ。でも今更、どれがそうだったのかなんて……ああもう、最初からやり直しだよ」

ハロルドが首をひねる。「何を言っているのです？」

「だから、もう一回感染源たちを電索し直して、問題のホロ広告を探さないと……」

「電索官」彼が、仕方なさそうに頬を緩めた。「私の完全な記憶力をお忘れですか？」

完全な記憶力。エチカはしばし、雷に打たれたように動けなくなる──そうか、アミクスは記憶したものをアウトプットできる。その手があったことを、すっかり失念していた。

彼が接した感染源はリーだけだから、共通するホロ広告は探せない。けれど、ブラウザが起動しないマトリクスコードさえ見つけられれば、エチカの推理を裏付けられる。

「すぐにメモリデータを出力します、デスクのUSBケーブルを取っていただけますか」

エチカはハロルドに言われたとおり、ケーブルを手渡した。彼は手首のウェアラブル端末にそれを繋ぎ、もう一方のコネクタを左耳のポートに挿し込む。

まもなく端末のホロブラウザに、ハロルドの記憶から引き出された静止画像がずらりと表示された。アミクスのメモリデータは機憶と違い、秒単位の静止画像で記録される──エチカは

彼とともに、リーの機憶から抽出されたデータを確認しようとしたのだが、

「電索官、あなたは見ないほうがいい。誤って読み込んだ場合、感染してしまいます」

確かに、その通りだ。データの確認が終わるまで、エチカは手持ち無沙汰で待った。何だかわけもなく緊張してくる。彼はいつになく精悍な眼差しで、ホロブラウザを素早く精査していき——一分ほどが経っただろうか。

「見つけました」ハロルドが顔を上げた。「Bluetooth搭載を謳ったスニーカーの広告です。これだけ、マトリクスコードをタップしてもブラウザが立ち上がりません」

エチカの脳裏に、鮮烈なほどはっきりとリーの機憶が蘇ってくる——確か彼女の見ている世界では、トウシューズとともに最新スニーカーのホロ広告が並んでいた。あれは、オジェの機憶にもあったはずだ。ガジェットの広告に紛れて、スニーカーが踊っていたことを思い出す。

自分の推測は、間違っていなかった。

「ウイルスのコード部分を加工して、すぐにトトキ課長に共有して。今、支局で粘っている電索官の役に立つはず……」

無遠慮なドアベルが、エチカの言葉を遮るように鳴り響く——つい、ハロルドと顔を見合わせてしまう。

幾ら大晦日とはいえ、こんな時間に来客とは不躾な。

「ダリヤは電話中でしたね」ハロルドはため息交じりに言い、危なっかしく腰を上げる。「す

みませんか電索官、また肩を貸していただいても？」

　これぱかりは致し方ない。エチカは彼を手伝うために、腕を伸ばす。


　玄関の二重扉を押し開けたところで、エチカたちはやや面食らうことになった。

「課長？　ベンノ？」

　そこに立っていたのは、他ならぬトトキとベンノだったのだ。二人はいつになくこわばった面持ちで、トトキに至ってはきつく腕を組んでいる。彼女が切迫している時に見せる仕草だ。

「ヒエダ、ごめんなさい。一刻も早く会いたかったから、あなたの位置情報を調べたわ」

「それは構いませんが……」エチカは戸惑いを隠せない。「何があったんですか？」

　急用だとしても、電話の一本も入れずに直接訪ねてくる理由が分からない。

　トトキは答えず、張り詰めた表情で黙りこくる。階段室を照らすＬＥＤが、やけにちかちかと床を舐めた。エチカが問いかけようと口を開いた時、

「ヒエダ電索官」

　トトキが、重たい呼吸とともに言う。

「あなたを、知覚犯罪の容疑者として拘束する」

　――え？

　エチカはほとんどあっけに取られて、すぐには反応できなかった。彼女が何と言ったのか、

理解するのに数秒かかる。知覚犯罪。容疑者。拘束……。

「すみません」どうにか押し出す。「今、何て……」

「何度でも言うわ、あなたは知覚犯罪の容疑者なの」

繰り返すトトキの瞳に、自分の影が頼りなく揺れている——さっぱり分からない。一体何を、

「ヒエダ、銃を渡せ」ベンノが容赦なく言い放つ。「両手を頭の後ろに」

「いや待って、わたしは……」

「話なら支局で聞くわ」トトキが踏み込む。「一緒に来てもらう」

「落ち着いて下さい」ハロルドが、エチカの肩に回していた腕に力を込める。奪わせまいとするかのように。「詳しく説明していただきたい。私も彼女も、この事態を理解していません」

「理解するも何も、今言った通りよ」トトキはこの上なく無表情で、まるで見知らぬ人のようだ。「あなたたちが修理工場へ行っている間に、ウリツキーのファイルが開いた。知覚犯罪に使われたウイルスが見つかったわ。ヒエダ……あなたが彼にウイルスを作らせたのよ」

目の前が、はっきりと眩(くら)んだ——課長は、何を言っている？

「支局の電索官が、ウリツキーの機憶に下りたの」トトキの眼差(まなざ)しは、裂くように鋭い。「あなたみたいに優秀じゃなかったから時間はかかったものの、機憶を抹消した痕跡を見つけたわ。幾つかは断片的に残っていた。無理な抹消のせいで、階層が乱れて日付が定(さだ)かではなくなっていたけれど……その中にヒエダ、あなたの姿を見つけた。あなたが彼を脅して、ウイルスの製

造を依頼していたのよ。彼の機憶に、恐怖の感情も記録されていた」

「そんなわけがない」自分でも驚くほど、上ずった声が滑り出た。意味が分からない。「フェイクです。わたしがウリツキーと会ったのは今日が初めてで」

「知っての通り、機憶の細工や抹消はできても、それ自体をゼロから偽造することは不可能よ。少なくとも、彼とあなたが以前に接触していたことは事実と言える」

エチカは唇をわななかせたが、上手く声が出てこない。ただ、茫然とかぶりを振る。自分は潔白だ。嘘なんてひとつも吐いていない。なのにこんなこと、有り得ない。

「わたしは知覚犯罪とは無関係です、本当に何も……」

「無実かどうかは、あなたを電索すれば分かるわ」

電索。

噛みつくような怖気が、エチカの心臓に食い込んだ。確かに、他の電索官に機憶を見せれば、これが濡れ衣だと証明できる。簡単なことだ。けれど。

それと同時に、あの機憶までもを知られることになる。

駄目だ、と思った。それだけは、絶対に駄目だ。暴かれるわけにはいかない。

でも、電索の他に潔白を証明する方法があるのか？

「おいアミクス」ベンノが舌を鳴らす。「ヒエダを寄越せ、捜査妨害と見なすぞ」

「妨害しているのはどちらです？」ハロルドは毅然と言い返す。「失礼ながら、あなた方はウリツキーに踊らされているだけだ。我々はたった今、捜査に役立つ情報を手に入れました。トトキ課長、丁度あなたにそれを共有しようと――」

捜査に役立つ情報。ウイルスの感染経路。エチカの中で、火花を散らすように結び合わさっていく――だがそれをすれば、自分は恐らく、もうここには戻れない。

どうする？

肩に回されたままの、ハロルドの手を見やる。袖口から、ウェアラブル端末が覗いている。

『大丈夫よ。私は、エチカが大好き』

――ああ、姉さん……！

エチカは唇を噛みしめる。かすかに錆びついた味がして。

分かっている、迷う暇はない。自分は二度と、彼女を失うわけにはいかない――そう。

濡れ衣くらい、一人でだって晴らしてみせる。

いつだって、自分自身で何とかしてきたのだ。

「いい加減にしろ！」ベンノが声を荒げる。「さっさとヒエダをこっちに……」

エチカは無我夢中で、ハロルドの端末に手を伸ばしていた。彼が反応するよりも早く、ホロブラウザを起動し――視界に、スニーカーのホロ広告が飛び込んでくる。マトリクスコードが、一瞬で両目に刻み込まれて。しかし、ユア・フォルマは何の反応も示さないまま。

けれど、確かに読み取った。

「電索官？」ハロルドが息を呑む。「何を、」

ごめん。エチカは彼の顔を見ないまま、わずかに怯んだその腕を振り払い——駆け出す。

「待ちなさい、ヒエダ！」「おい逃げるな！」

トトキの怒号。ベンノの指先が腕を掠めたけれど、エチカはぎりぎりのところですり抜けた。エレベーターの前を素通りし、階段を一気に駆け下りていく。ベンノの足音が追ってくる。当たり前だ。震えそうになる膝に鞭を打って、転ばないことだけを願いながら、エチカは走った。

きっと、最も愚かな選択だった。

けれど、それでもいい。

この機憶だけは、誰にも覗かせるわけにはいかないのだ。

5

「それでルークラフト補助官、犯人に踊らされているのは一体どっちかしら？」

アパートの下には警察車両が詰めかけ、警光灯の閃きがペールカラーの外壁を塗りつぶしている。トトキは先ほどから、不機嫌そうに宙を睨んでいた。ユア・フォルマを通じて、他方と連絡を取り合っているのだろう。

「ヒエダは逃げたのよ。あなたが最初に彼女を引き渡していれば、こんな事にはならなかった」

「仰る通りです。私が間違っていました、申し訳ありません」

ハロルドがいかにも淡々と詫びると、彼女は不服そうに鼻を鳴らす。

「私だって、ヒエダが犯人だとは信じたくない。けれど、これが仕事なのよ。せめてあの子が逃げ出さなければ、無実の可能性が残っていると思えたのに……」

「逃げ出したからといって、有罪とも限りませんよ」

「パートナーを疑いたくない気持ちは分かるけれど」彼女はどこか押し殺すように言い、「今、ヒエダの位置情報を再取得してるわ。ユア・フォルマユーザーの逃走劇がどれほど難しいかは、あの子自身が一番理解しているでしょうにね」

トトキはそうして、集まってきた警察官らのほうへと去って行った。

残されたハロルドは、ふと視線を落とす——手にした、ステッキ代わりの傘が目に入る。

エチカは、わざとウイルスを読み込んでから逃げた。感染することで、ユア・フォルマを動作不能に陥らせたかったのだろう。経過時間からして、彼女はもう間もなく発症し、その位置情報は忽然と消えるはずだ。

先ほどエチカと握手を交わした時、手の温度や汗ばみ具合からして、隠し事をしているのは分かっていた。が、何れも決定打とはいえなかった。

皮肉にも彼女が逃走したことで、自分の推理に確信が持てたと言える。

　エチカはハロルドを軽薄だと見なしているが、身体的接触を試みるのは、相手の心理状態を把握するために最適だからだ。浮ついた態度や言葉は、分析のための時間稼ぎや、本心を隠す手段として使える。もちろんそんな真実は、必要に駆られない限り口には出さない。捜査上、機械よりも人間らしく見られたほうが信用を得やすいし、存外都合がいい。

　以前、死んだソゾンが言っていた。

『ハロルド、お前はアミクスだから武器を持てない。だが、その外見（モデリング）は武器になる』

　自分はいつだって、捜査の進展のために利用できるものを利用するだけだ。

「おい、アミクス」

　呼ばれて振り向くと、ベンノが立っていた。彼は先ほどエチカを追ったが、外に出たところで見失ったらしい。まだ苛立（いらだ）った様子で、じろりとハロルドを睨（にら）みつけてくる。

「もう分かったぞ。お前もヒエダに脅されていたんだろ？」

「……すみませんが、何の話でしょう？」

「とぼけるな。昨日、俺の秘密を知っているだの何だのと脅迫してきただろうが」

　言われてようやく、該当メモリが呼び起こされる。

「ヒエダがお前に、俺を脅せと命令したのか？」

「いいえ、違います。あれはあくまでも私自身の判断です」

「システムがそう判断させたって？」ベンノは不可解そうに眉を上げる。「有り得ないな。お前らの敬愛規律は、犯罪者ですらかばわなきゃ気が済まないのか？」

彼は機械派の鑑だな、とハロルドは思う。どれほど人間らしく振る舞っても、アミクスは所詮電子回路の集まりに過ぎない、と——彼のように盲目的な機械派のほうが、やりやすい時もある。

「やっと見つかったか」不意にベンノがごちる。ユア・フォルマを通じて、トトキや他の警察官らとエチカの居場所を共有しているのだろう。「……あ？」

「どうされました？」

「いや、ヒエダの位置情報なんだが……たった今消えた」

ウイルスが、彼女のユア・フォルマを呑み込んだことは、疑いようがなかった。

だが、ベンノたちはそのことを知らない。彼は戸惑ったように、トトキのほうへと歩いて行く。皆、エチカの現在位置が辿れなくなったことで困惑しているようだった。「最後に確認が取れた地点に、近くの警官を向かわせて」トトキが指示を飛ばしている。

幸いにして誰も、ハロルドに関心を寄せていない。

それをいいことに、傘をステッキのように操りながら歩き出す。今更だが、右足が動きにくいのは不便極まりない。あの娼婦に刺されたのは本当に失態だった。まあお陰でダリヤを通じて、わざとらしくない形でエチカに自分の過去を伝えられたわけだが。

彼女の同情を買えたのも、それによってアミクスへの壁を取り払えたのも、計算通りだ。

　ただ、エチカがこうして無謀なやり方で逃げ出したのは、計算外だった。

　ハロルドは、路肩に停めたままだったニーヴァに乗り込む。エチカの逃走は想定外だとしても、感染した彼女がどこへ向かうのかは分かっている。ただこの車は特徴がありすぎるから、どこかのパーキングロットで無難なシェアカーと交換したほうがよさそうだ。

　ハロルドの望みは、いつだってただひとつ。目の前の事件を解決することだった。

YOUR FORMA
第四章――証明は、痛みと共に

1

ペテルブルクの街並みは、鏡のような銀世界に染め上がっていた。白く埋もれた道路では、街路灯と車のヘッドライトが踊り、仰ぎ見た空には、仄青く(ほの)か細い煙がたなびく。

エチカは監視ドローンを避けて路地裏に逃げ込んだのだが、思いの外(ほか)人通りがあった。立ち並ぶ露店に群がる客、ウォッカの瓶を抱えて寝転がる若者、家族や恋人と体を寄せ合って歩く人々——不意に、どん、と低い音が腹の底に響く。顔を上げると、夜空に灼熱(しゃくねつ)の花火が咲いていた。

そうか、新しい年が巡ってきたのだ。

そこかしこで、通行人が喜びを分かち合う。エチカは腕をさすりながら、体を小さくして歩いた。先ほどから、がちがちと歯の根が鳴っている。息を吸うだけで喉が凍りそうだ。

この雪が自分以外の誰にも見えていないだなんて、信じられない。

そのくらい重みがある幻覚だった。悴む(かじか)頬も、じんじんと痛む指先や爪先も、全て本物の感覚だ。とても、頭の中の縫い糸が見せる幻だとは思えない。

ユア・フォルマ。

自分はいつだって、これを通してしか現実に触れられない。この機械のかたちが、世界のかたちそのもの。それはひょっとして危ういのかも知れない。上から降っているのか、下から吸い上げられているのかも分からない雪の粒を見ながら、初めてぼんやりとそんなことを思う。

だがお陰で、トトキたちの追跡は振り切れた。

次はビガのところへ行き、抑制剤を投与してもらう。そこから濡れ衣を晴らす手段を考えよう。自分を嫌っている彼女が協力してくれるかは分からないが、他に頼れる相手がいない――そう思って先ほど、ビガが泊まっているホテルをマップで調べておいた。なのに、ユア・フォルマが操作不能に陥った途端、道に迷っている。古い標識を頼りにしようにも、翻訳機能なしではキリル文字が読めない始末だ。

ふと、行く手に巡回中の監視ドローンが見て取れる。

まずい。

エチカは方向を変えて、狭い路地へと身を滑り込ませた。ここだけ、やけに雪が深い。ずぶずぶと沈むブーツを持ち上げて歩く。懸命に前に進もうとしているはずなのに、先ほどから足が上がりにくくなっている。何となく思考がぼうっとしていて。ああ、ハロルドの家にコートを置いてきたのは失敗だったな。頬をこすってみる。寒さで、ほとんど痺れていた。

とにかく、勘を頼りに歩くしかない。

路地を出てしばらくすると、雪は激しさを増した。ほぼ吹雪と言っていいほど、吹き荒び始める。かすんだ街並みに、ぼやけたネオンが溶けて。新年で浮かれた人々に、時折肩をぶつけながら、エチカはふらふらとさまよう。

もともと雪は好きだ。幼い頃は、よく姉が降らせてくれた。けれど、さすがにここまでの嵐は望んでいない。両手の感覚はとうに失われている。感染者たちが低体温症に陥るわけだ。足も麻痺して、自分がどこにいるのかも、もうよく分からない。

ふと我に返った時、エチカはまたしても、どこかの路地にいた。それも雪に覆われた地面に座り込み、汚れた壁に背中を預けている――どうやってここに来たのか、まるで思い出せなかった。頭がへどろのように重い。体の底は焼けるように冷たい。なのに、震えは止まっている。

喧騒が遠い。取り巻く静寂。浅い呼吸だけが響く。

苦しい。

我ながら馬鹿だったな。もしもここで死んだって、この上ない自業自得だ。

一際強い風が、路地を走り抜けていく。エチカはその乱暴さに耐えきれず、押し倒された。積もった雪に、頬ずりするかのように沈み込んで。

不思議なことに、少しも寒くない。むしろあたたかくて、優しい。例えるのならそう、父のかいなみたいに――違うだろ、あの男には抱きしめられたことすらない。ただの想像だ。母親のぬくもりだって上手く思い出せなくて。

でも、姉は違った。彼女だけは自分を抱きしめて、頭を撫でてくれた。手を握ってくれた。愛してくれたのは、姉さんだけだった。

吹雪に当てられている。弱気になっている。プライドが、脆くなって。

本当はとっくの昔に、何もかもをやめてしまったってよかった。

適性診断と父の意見に流されるまま、電索官になった。この仕事は嫌いじゃない。けれど、同僚たちを傷つけて苦しめるくらいなら、何もせず部屋に閉じこもって、さっさと枯れ果ててしまえばよかったんだ。そうするべきだった。周りのためを思うのなら、もっと早くに……でも、自分はそんなに優しい人間にはなれなくて。

姉がいなくなったあと、凍えるような家の中で、父親に従う機械としての自分を作り上げた。そうやってずっと、心を守ってきた。流されていくだけで意思がない、何にも執着しない、興味を持たない、そんな自分を演じることで初めて安心した——冷たく振る舞っているうちは、自分自身を隠すことができる。姉と過ごした頃の幸せな気持ちを、誰かに心から愛されていた日々の安心感を、大切に閉じ込めておける。ここだけは誰にも覗かせない。父にも、他の誰かにも、絶対に奪わせない。傷つけさせない。触れさせない。

これ以上姉さんを殺されないためには、そうするしかなくて。

でも、時々苦しくなる。いつまでこんなことを続けなければいけないのか。父はとっくに死んだ。なのに自分はまだ、あの頃の機械のまま。いつしか、体の芯にまでこういう生き方が染みついて、抜けなくなってしまって。これではまるで、あの男と同じで。

こんな大人には、なりたくなかった。

もっと、例えばビガやダリヤのように、いつでも素直に感情を表せる人間でいたかった。誰かの優しさをためらわずに信じて甘えられるような、愛され方を知っている人間に。

感傷的になりすぎだ。

意識が境界を見失い、どろりと溶け出すのが分かる。脈絡なく、今までの記憶が降って湧いて。川面をたゆたう木の葉のように、ただ、流れていく。

『ほら、握って?』『いつものまほう?』『雪、つもるかな?』『エチカが望めば積もるわ』『他の人たちは皆、具合が悪くなったんだ』『プロジェクトは中止になった』『わたしはへいきだもん!』『お願い殺さないで!』『ヒエダさんの娘さんですね、遺書をお預かりしています』

ああ、そうか——そういうことか。

知覚犯罪の正体は、ウイルスなんかじゃない。

やっとそれを理解して。

でももう、起き上がれない。

泥のようだ。

崩れて。

ほどけて。

何もかもを手放していく間際、

誰かの腕に、抱え起こされるのを感じた。

2

てらてらと、シェードランプの明かりが天井を撫でている。

自分が覚醒したことを理解するまでに、しばらくかかった。エチカはぼんやりと頬に触れてみて、初めて指先が凍えていないことに気付く。ちゃんと感触がある。あれほど冷え切っていた体は、穏やかなベッドに横たわっていた——一体、何がどうなっている？

「目が覚めましたか？」

覗き込んできたのは、ビガだった。いつものように編み込んだ髪を垂らした彼女は、どこか緊張した表情で——どうしてビガが？　自分は、ホテルには辿り着けなかったはずなのに。

そこで、はっとする。

雪の幻覚が、止んでいる。

「ヒエダさん、あなたには抑制剤を投与しました。リーに使ったものと同じ。体内の機械を全て停止させるやばいやつで、十二時間ごとに再投与が必要です」

言われてみれば、エチカの視界はひどくシンプルだった。時刻と気温の表示もなければ、騒々しい通知もやってこない。ニューストピックスやメッセージボックスを呼び出そうと思っても、何一つ開けない——ただ、ビガの姿だけが中央におさまっている。なるほど、これが抑制剤の効果か。ユア・フォルマの機能そのものが止まっている。

　彼女に救われたことは、間違いなさそうだった。

「ありがとう」ひどく掠れた声が出る。「でも、どうやってわたしを……」

「あなたを助けたのは、ハロルドさんのためですから」ビガは一方的にそう言い、「あたし、あなたがリーにしたことはまだ怒ってるから…………ねえあの人、本当にアミクスなの？」

「え？」耳を疑った。「いつ気付いたの？」

　ビガは苦々しく唇を噛んだだけで、質問には答えない。逃げるように、エチカの傍から離れていく——ようやくぼんやりと、室内の様子が見えてくる。ホテルの一室だ。手狭なシングルで、窓辺のテーブルに革のトランクが広げてあった。手術器具や注射器、小型の心電図モニタ、タブレット端末などが溢れかえっている。バイオハッカーとしての仕事道具らしい。

　エチカは冷たい額に手を当てる。どこにも時計がない。あれから何時間経ったのだろう。窓の外が依然暗いことから、せいぜい二、三時間程度か。

　トトキたちはまだ、エチカを追っているのか。それとも、もう諦めたのか。

　ふと、自分がウイルスを読み込んだ時の、ハロルドの顔が瞼を掠めて。

「今、目が覚めたんです」ビガの声が聞こえる。「こっちに」

　何だ？　誰と話している？　エチカはのろのろと首を動かし——ビガと連れ立って入ってきた相手を見て、頭の中の靄が吹き飛んだ。一気に目が覚める。

「具合はいかがですか、ヒエダ電索官」

ハロルドだった。彼は別れた時と寸分変わらぬ出で立ちで、右手にはステッキ代わりの傘を手にしている——どうして彼がここに？　まさかトトキ課長たちも来ているのか？

　エチカはとっさに身を硬くしたのだが、

「ご安心を」ハロルドはいつも通り、端正に微笑んだ。「我々がここにいることは、課長たちには知らせていません。位置情報を辿られないよう、ウェアラブル端末も置いてきました」

「でも、位置情報はきみのシステムにも……」

「頭の中の信号を遮断する方法を知っています、ご心配には及びません」

　ハロルドは傘を使いながら歩いてくると、ベッドの端に腰を下ろした。エチカは居ても立っても居られず、無理矢理に身を起こす。体は鉛のように重いが、幻覚に襲われていた時よりもずっとマシだ。朦朧とした感覚も、すっかり消え去っている。

「補助官、きみが」

　きみが課長たちの差し金でないのなら、一体何を考えてここに来た。いかれているのか——喉許までこみ上げた問いかけは、肩に触れたハロルドの手によって、霧散してしまう。

「あなたを探し出すのも、この足で運ぶのも、中々に骨が折れましたよ。あと少し遅ければ、命に関わっていたでしょう」彼はいつになく柔らかい口調で言い、「助かって本当によかった」

　ハロルドは、心から安堵したように目を細めるのだ——そうか。気絶した自分をビガのもとまで運んでくれたのは、彼だったのか。意識を失う間際、抱き起こしてくれた腕を思い出す。

彼は命の恩人だ。

例えこの先が思いやられるとしても、それだけは間違いない。

「その」エチカは、小さく押し出した。「迷惑をかけて、ごめん」

「お互い様です。あなただって、私を修理工場まで運んでくれたでしょう？」

「あれは違う、そもそもきみが倒れたのはわたしの……」

「電索官」肩に置かれていたハロルドの手が、やんわりと剝がれていく。「あなたが犯人でないことは知っています。我々には、話し合いが必要だ」

見守っていたビガが、遠慮がちに口を開いた。「よかったら、コーヒーを淹れましょうか？」


「じゃあトトキ課長たちは、まだわたしを捜索しているの」

「ええ。恐らくあなたを捕まえるまで、諦めるつもりはないでしょう」

エチカはハロルドやビガと、窓辺のテーブルを囲んでいた。散らかっていたトランクは綺麗さっぱり片付けられ、代わりに、インスタントコーヒーのカップが並んでいる。備え付けの電気ケトルを使って、ビガが用意してくれたものだ。

「そんな中できみまで姿を消したら、わたしと共犯だと思われる」

「そうでしょうね」彼はけろりとしている。「構いませんよ」

「きみはよくても、ダリヤさんが心配するはずだ。何よりわたしはそんなこと」

「私を諭すのは構いませんが、あなたが話すべきことは他にあるはずです」

ハロルドは静かに言い、カップに口を付ける——エチカは、テーブルの下で膝を握り締めた。

分かっている。彼は勝手に感染した自分を探し出して、命を救ってくれた。しかも、こちらの無実を信じてくれている。ありがたい話だ。

だが。

ひりつくような静寂が、染み渡っていく。

「すごい」ふと、ビガが零す。「本当に、人間みたいにちゃんと飲めるんですね……」

彼女のぎこちない視線は、ハロルドが手にしたカップに釘付けだった。

「ええ」彼は、申し訳なさそうに眉尻を下げる。「ビガ、あなたを驚かせてしまってすみませんでした。もうこれ以上、友人に隠し事はしないと誓います」

ビガはどこか複雑そうな表情で、ハロルドを見つめる——彼がここにきてビガに正体を明かしたのは、彼女が『上手く機能した』からだろう。まさかハロルドは、今この時のような事態すら想定してビガを引き入れたのだろうか。いや、さすがにそれは買い被りすぎか。

「あたしは」と、ビガが唇を湿らせる。「まだ信じられません、その、あなたがアミクスだって……どう受け止めればいいのか……」

「分かりますよ、時間がかかることだ。私を軽蔑してもらっても構いません」

「そんな」

「ですがビガ。私と電索官は、犯人を捜し出したいと考えています。あなたさえよければ、もう少しだけ協力していただけると嬉しい」

ハロルドの真摯な態度に促され、ビガは曖昧に頷く。だが、エチカは引っかかった。

「犯人を捜し出す？　初耳だよ、ウリツキーならもうとっくに逮捕されて……」

「ウリツキーは犯人ではありませんよ」

彼があまりにはっきりと断じるので、エチカはぞっとする——それは、自分があの吹雪の中で行き着いた結論と同じだった。

正直この展開は、エチカにとっては好ましくない。

「ウリツキーは単に、真犯人に利用されただけです。恐らく、知覚犯罪については本当に何も知らない。彼のPCに知覚犯罪のウイルスを仕込んだのも、頑強なセキュリティをかけたのも、どちらも真犯人の仕業だ」

何より、とハロルドはカップを置いて。

「彼が犯人なら、機憶を偽造してまで、あなたに濡れ衣を着せる理由がありません」

「それ以前にまず、機憶を偽造することそのものが不可能なはずだ」

「しかし事実は偽造できる、偽造された事実を操作することも。論点を逸らさないで下さい」

「逸らしていないし、きみが何を言っているのかも分からない」

「お分かりでしょう？」ハロルドは、見透かすような視線を向けてくる。「あなたは真犯人が誰なのか、もう気付いている」

　エチカは、すぐには答えなかった。何とかして、彼をこの場から追い出したいとすら思った。

「ただの勘だ」張り付きそうな喉をこじ開ける。「証拠がない以上、どうしようもない」

「証拠はあります。あなた自身が持っている」

「え？」ビガが戸惑う。「でもヒエダさんは無実だって……」

「ええ、確かに彼女は犯人じゃない。ですが、知覚犯罪の仕掛けを知っています」

　エチカは息を詰める――ハロルドは、少しも微笑(ほほえ)んでいなかった。凍った湖の瞳を、ただこちらに突き立てている。敵意でも疑念でもない、全てを確信している眼差(まなざ)し。

　そうか。彼がわざわざトトキたちを裏切ってエチカについたのは、単にウイルスに感染したパートナーを案じたからではない。

　全て知っていたからだ。

「電索官。私は、あなたがウイルスを利用してまで逃げ出したことを、疑問に思っていました。あの時のあなたは明らかに、電索されるのを恐れていた」

「違う」エチカはむきになる。「あれは、いきなりのことで混乱したから……」

「実は、あなたに見せたいものがあります」

　ハロルドがポケットから取り出したのは、小さく折りたたまれた一枚の紙だった。丁寧に広げていく。ビガが興味津々で身を乗り出す中、エチカはつい、背筋をこわばらせて。

それは、アメリカの新聞社が発行した電子新聞の記事を、印刷したものだった。

日付は、十四年前の四月六日。見出しが意気揚々と躍っている。

【リグシティ、ユア・フォルマに拡張機能「マトイ」の追加を発表】

「記事を読むに、マトイは全世代型情操教育システムだった。現代社会は、都合よく最適化された情報で溢れています。ともすれば排他的になりがちなユーザーに、人間らしさを取り戻させることが、このシステムのコンセプトだった。具体的には、複合現実を通じてユーザーを子供AIと過ごさせることで、利他的な愛情を刺激するのです」

エチカは茫然と新聞を見つめる。あの頃、何度も読み返したからよく知っている。写真には会見の模様が写し取られ、プロジェクトメンバーが凜々しいスーツを着こなして並んでいた。中央で鉄仮面を守っているのは、他でもないあの男だ。

「しかしマトイは、試験運用において致命的な欠陥が見つかったことを理由に、開発中止に追い込まれました。試験期間は一年で、途中までは順調だったものの、十一ヶ月目にトラブルが起こったのです。マトイには、ユーザーの体温を調節したり、拡張現実を通じて天候をカスタマイズする機能が導入されていましたが、ここにバグが発生した。詳細は明らかにされていないものの、被験者全員が急激な体調不良に陥ったと公表されています。うち一人は、処置が間に合わずに命を落としている――体温と天候のバグから引き起こされる、身体的な不調……今回の知覚犯罪と、非常によく似ているとは思いませんか。いっそ同じと言ってもいい」

　声が出ない。エチカは、爪が食い込むほど指先を握り込んで。

「その後、マトイのプロジェクトは凍結され、開発チームは解散しました」ですが、とハロルドは続ける。「私が思うに、マトイは消されてなんかいなかった。それどころかチームの人間の手によって、密かにユーザーの頭の中に実装されていたのではないでしょうか」

「それって犯罪じゃないんですか」ビガが青ざめる。「だってもしハロルドさんの言う通りなら、必ずバグる危険なシステムを、わざと皆の頭の中に隠したってことですよね？」

「いいえ、逆です。むしろ、バグが発生しないと確信していたからこそ隠したはずです」

「……どういうことですか？」

　自分は、上手く息を吸えているだろうか。

「その人物はマトイのバグが、何者かの陰謀による外的要因だと確信していた。そのトリガーとなるのが、今回の知覚犯罪に使われたウイルスだと推測します。つまりウイルスは、頭の中に隠れているマトイをアンロックして、バグを引き起こすようプログラムされたものだ」

「憶測だ」エチカは、やっとの思いで押し出す。「リグシティの分析チームは、ウイルスは単に、ユア・フォルマの信号を伝って脳に影響を……」

「リグシティは犯人の監視下にあります、信頼しないほうがいい」

「そもそも前提がおかしいんだ」嫌でも声音が振れる。「マトイが全ユーザーのユア・フォルマに隠されている？　どこにそんな証拠があるの？」

「チカサト・ヒエダ」

ハロルドの精美な唇が忌々しい名を紡ぎ、

「マトイのプロジェクトリーダーは、あなたの父親だった。マトイを隠したのは、他ならぬ彼でしょう。あなたは全てを知っているはずですよ」

落ち着け。エチカは、なるべく表情を変えないように努める。無論、この聡明な嘘発見器を相手取れば無駄なことかも知れない。だが、まだ諦めるわけにはいかない。

「確かに……、わたしの父はマトイの開発者だった。認める」エチカは慎重に言葉を探す。「父曰く、マトイは本来正常なプログラムで、バグは陰謀だった。あの人はそれに抵抗して、全ユーザーのユア・フォルマにマトイを隠した……遺書には、そう書かれていたよ」

そう――父は、自殺幇助機関に遺書を預けていた。エチカに宛てた、己の罪を告白するだけの短いそれだ。初めて父親からもらった手紙が遺書とは、全く笑えない。

プロジェクト凍結後、マトイに関するデータは全て廃棄されることになっていた。だから父はマトイを残すために、全ユーザーのユア・フォルマを隠し場所に選んだのだ。

彼はこの罪を秘密にしておくよう、エチカに書き残していた。

その命令を無視して、公に告発することもできたのに、自分は今日まで従ってきた。

父への同情ではない。愛情でもない。ただ自分の秘密を守るために、口外せずにいた。

それなのに、皮肉にも今になって、こうして追い詰められている。

「ルークラフト補助官、確かにきみの推理は正しい。ただ、マトイがユア・フォルマに隠されていることが証明されたとして、知覚犯罪とマトイを関連づけるのは飛躍してる。例えば犯人は、過去に起きたマトイのバグを知っていて、単にそれを模倣しただけかも知れない」

「仰る通りです。つまり実際に、マトイとウイルスの関連性を証明する必要があります」

「……どうやって？」

「パズルのピースを持っているのはあなたですよ、電索官」ハロルドはどこまでも落ち着いていて、「あなたと父親の関係が良好でなかったことは知っています。なのにあなたは彼の遺書を尊重して、今までその秘密を守ってきた。理由がありますね？」

エチカはハロルドを見つめた。睨むように見つめた。まばたきすら拒んだ。そうしなければ、入り込まれたくないところまで踏み込まれてしまう。きっともう、手遅れなのに。

結局どれほどもがこうと、もはや逃げ場はないのだ。

「初めてお会いした時のことを覚えていますか？」ハロルドは両手の指先を突き合わせ、エチカから目を逸らさない。ただ一度の呼吸さえ見逃すまいとするかのように。「私はあなたのことを、『無頓着で生活そのものに対して関心がない』と言いました。それは言い換えれば、あらゆる関心や欲求を持たないことで自分を守ろうとする心理の表れです」

「適当なことを言わないで」

「あなたは幼少期を高圧的な父親とともに過ごした結果、当然のように自分の望みを手放してきた。通常は精神疾患を発症してもおかしくはない状況下ですが、その手の病歴はない。生まれ持ったストレス耐性のお陰だけではないでしょう。何か、胸の内によすががあったのでは？」

「そんなものはない」

「そのネックレスだ」

ハロルドの眼差しが、エチカの胸元に向かう——そこには、ニトロケースが無防備にぶら下がっている。

「失礼ですが電索官、あなたはアクセサリーに興味を持つような人じゃない。ですが、それがニトロケースのネックレスなら腑に落ちます。何せ、大切な宝物をしまうことができる」

「……何が言いたいの」

「分かっているでしょう？」ハロルドは笑わない。「ケースの中身を見せて下さい」

「煙草のバッテリーだよ」

「無益な嘘は結構です」

「嘘じゃない」

「これはあなたの濡れ衣を晴らすためでもあるのですよ」

「駄目だ」エチカは、蹴られたように立ち上がっていた。「少し、一人にして」

ハロルドとビガの視線から逃れるように、部屋を飛び出す。ほとんど何も考えられないまま、階段を駆け下りた。どこへ行けるわけでもないのに、両足は気付けばエントランスへと向かっていて。夜更け前のロビーは静まりかえり、チェックインゲートにひと気はなかった。

自動ドアをくぐり、外に出る。

眠ったままの空から、雪が舞い降りてきていた。

しずしずと降りしきるそれは、幻覚などではない。刺すような空気が染みて、体が勝手に震え出す。そういえばハロルドの家を出てからずっと、薄手のセーター一枚だ。二の腕をこすりながら、辺りを見回す。道路を挟んだ向かいに、閑散とした円形広場があった。エチカは吸い寄せられるようにして、歩き出す——あれほど騒々しかった町は今や静寂に包まれ、人影は疎らだ。監視ドローンの気配もない。警察のサイレンすら聞こえない。数時間前の賑わいが、まるで夢だったかのように。

どうして。

エチカは、ニトロケースを握り締める。

このことにだけは、気付いて欲しくなかった。

広場には、塔のようなモニュメントとともに、兵士らの銅像が佇んでいた。塔には、『1941』と『1945』の数字が掲げられている。ユア・フォルマが止まってしまった今、何の記念碑なのかは解析できず、誰も答えを教えてくれない。恐らく、戦争にまつわるものだろう。

隠しておきたかった、と思った。

ここにだけは、どうあっても、誰にも踏み込まれたくなかったのに。

「ヒエダ電索官」

振り向くと、追いかけてきたハロルドが立っていた。一人にして欲しいと言ったのに、全く聞いちゃいない。エチカは彼に背を向けて、自分を抱きしめるように腕を組んで。

「わたしはこれ以上、話すつもりはない」分厚い息とともに吐き出す。「どうせ言わなくたって、きみは全部分かっているんだろうから」

「でしたら、今から答え合わせをさせて下さい」

ハロルドの声が、柔らかく背中にぶつかって、転がり落ちていって。

やめろ、黙って。

「電索官、あなたは他人を信頼して心を預けるような人じゃない。なのに、私に父親との関係について打ち明けました。アミクスを嫌うようになった理由を。それは謂わばトラウマです。たやすく口にできるようなことではないのに、あなたは私に対する誠意を優先した」

エチカは奥歯を噛みしめる。寒さとともにこみ上げる何かを、すり潰すつもりで。

「あなたは優しく、繊細な人だ。なのに冷たい自分を演じるのは、心の中に知られたくないことを抱えているからです。冷酷だと思われたほうが、他人が寄ってこないから都合がいい。例え軽蔑されても、耐えることには慣れている」

ああ、そうだ。そうだよ。

「一人でも耐えられたのは、この十三年間、マトイが傍にいてくれたからでしょう？」

エチカはゆっくりと振り返る――ハロルドはただ、じっとこちらを見つめていた。ひらひらと落ちてくる雪が、彼の髪に触れて、溶けて消える。

「マトイの被験者は、十八歳以上であることが条件でした。それなのにあなたの父親は、当時五歳だったあなたにも、密（ひそ）かにマトイを与えていた。彼なりの愛情か、実験的な興味かは分かりませんが……暗い家庭の中で、マトイはあなたの理解者であり、唯一信頼できる家族だった」

――『大丈夫よ。私は、エチカが大好き』

「しかし例のバグが起こり、プロジェクトは凍結された。あなたはマトイと別れることを拒んだが、それは到底叶（かな）わない。だから……マトイのプログラムをコピーして、自分の手許に隠し持つことにした」

喉が焼けそうなほど冷たい。滑り落ちる呼吸は、燃えそうで。

――『わたしは、おねえちゃんとずっと一緒にいるの』

例え量産型のＡＩでも、自分にとってマトイは本物の姉だった。

彼女のお陰で、エチカは生まれて初めて家族に愛される喜びを知った。彼女が手を握ってくれたから。抱きしめてくれたから。一人の人として認めて、話し相手になってくれたから。たったそれだけのことが、どれほどの宝物だったか。支えだったか。救いだったか。

父も母も、自分を愛してはくれなかった。

でも、マトイだけは。

プロジェクトの中止が決まった時、エチカは父に理由を訊ねた。けれど、ただ「他の被験者が体調不良に陥った」と繰り返されるばかりで、詳しく教えてはもらえなかった。

「わたしの姉さんは、おかしくなってなんかいなかった。なのに他のマトイが狂ったせいで……」吐息が揺れる。「姉さんを殺させたくなかった。離れたくなかった。だから……」

だから、彼女を記憶媒体に複製した。

「そうして――そのニトロケースに閉じ込めたのですね」

凍結が決まったプログラムの複製は、違法行為だ。もしも電索によって機憶を覗かれれば、今度こそ姉を失ってしまう。だからわざと感染して、逃げ出した。自力で犯人を捕らえて事件を解決すれば、頭の中を覗かれずに済むかも知れないと考えて。

「いつから気付いていた？」ニトロケースを握りしめる手は悴んで、じんじんと痛みを訴えている。だが、今はどうでもいい。「ずっと、わたしを疑っていたの」

「疑うという言葉はおかしい、あなたは犯人ではないのですから」ハロルドはうっすらと白い息を零し、「最初に疑念を抱いたのは、リグシティを捜査した時です。あなたは電索を終えたあと、ひどく動揺していた。テイラーと会ってからは輪を掛けて。その時に、あなた方には過去に何らかの接点があったのではないか、と考えたのです」

「テイラーは変わり者だ。単に、何か不躾なことを言われただけかも知れない」

「いいえ、あなたはよく知りもしない他人の批判くらい受け流せる人だ」

「そんなの分からない」

「分かります」ハロルドははっきりと言い、「あなたの父親がマトイの開発者であることは、少し調べれば簡単に知ることができました。加えてあなたは、電索中にマトイの名前を耳にし、うろたえて逆流を起こしかけていた。ですので、恐らく何らかの形でマトイに関わっていたのだろうと思い、被験者という答えに行き着いたのです」

「だとしても、未だにマトイを持ち歩いているとは……」

「電索官はお気付きでないのでしょうが、あなたという無頓着な人間を表す上で、アクセサリーはあまりにアンバランスだ。ニトロケースという形に、何か理由があると考えていました。あなた自身を支える上で欠かせないものが、きっと隠されているはずだと」

化け物だ、と思った。それほど早い段階でそこまで行き着くのは、異常としか言えない。

声も出せないエチカを前に、ハロルドは続ける。

「ただひとつ、今回の知覚犯罪事件とマトイを結びつける明確な証拠だけが不足していた。しかし私が推測する犯人の目的が正しければ、何れあなたが標的になります」

「……どういうこと」

「気付いていなかったのですか？　狙われているのは、はじめからあなたですよ」

エチカはすぐには理解できない。ただ、茫然とかぶりを振るしかなくて。

彼は冷静に重ねる。「予想通り、犯人はあなたに接触してきた。ウリツキーを使って濡れ衣を着せてきたことには驚きましたが……しかし私にとっては、どのような形でも構わなかった」

「何を言って……」

「知覚犯罪の仕掛けを証明するためには、マトイが必要不可欠です。けれど、あなたにニトロケースの中身を見せて欲しいと頼んでも、応じてはくれないでしょう。よほどのことがない限り。例えば、犯人の思惑であなたが窮地に陥るとか……私にできるのは、その時のためにあなたとの信頼関係を築くことだけでした。いざという時に、マトイを譲っていただけるように」

勝手に顎が震えるのは寒さのせいか、それとも。

彼に操られたのは、ビガだけじゃない。

自分もその思惑に踊らされていただなんて、一体いつ気付けただろう？

「電索官、あなたに謝らなければならないことがあります。まずレストランの帰り道に、あなたと喧嘩をしたのはわざとだ。アミクスの感情を否定する意見に晒されたのは初めてではありませんし、腹を立てる理由にはならない。あなたは私に対して終始身構えていましたから、それを取り払うきっかけが欲しかったのです。日本には『雨降って地固まる』ということわざがありますが、人間関係における衝突は、絆を強固にするための手段として有効だ」

　思えばハロルドの瞳は、最初からずっと凍っている。

　つまり、浮ついた態度も調子のいい言葉も、全部彼の計算通りで。

「ダリヤに私の過去を話してもらったのも、あなたと親しくなるためでした」

　ふざけるな——いや違う、分かっていた。彼の優しさはただのプログラムに過ぎないのだと。

それでも嬉しいと思ってしまったのが、きっと全ての間違いで。自分の弱さで。

　ああ、何だか。

「補助官……」膝が震える。「一体どこまでが、きみの計算通りなんだ？」

　ハロルドは、侘しげに眉をひそめる。それだけで、答えようとはしない。

「そう」よく分からないけれど、胸が潰れそうになる。馬鹿みたいに。「きみはとっくに犯人の正体も、目的も理解していた。ビガの観光に付き合ったのも、わたしが標的になった時に協力させるためだ……わたしが電索を拒んだら、ビガの抑制剤が必要になるから」

「上手く機能したでしょう？」

「きみは……」唇がわななく。「きみにとって、周りの人間は駒に過ぎないの？」

「私はただ、事件を解決したいだけです」

「だとしても、きみのやり方は誠実じゃない」

「ええ。あなた方の感覚では、そのように受け止められると分かっています。だからこうした本心は、誰にも言わないようにしてきました」

「つまり人間みたいな道徳を振りかざしていたのも、全部嘘？」

「嘘ではありません、私にも良心はある。その上でどちらかといえば、必要に応じて人間の価値観を重んじたほうが信頼を得やすいと考えているだけです」

エチカは歯の隙間から息を洩らす——ハロルドはアミクスだが、今では自分よりずっと人間らしいとすら思っていた。思いやりがあって、コミュニケーション能力に長けていて、家族を愛することができる。実際、彼のダリヤに対する愛情はきっと、偽物ではない。

けれど、何かが決定的に欠けている。

やはり彼は、機械だ。

「なら……」エチカは苦いものを噛みつぶす。「どうして今、わたしに本心を打ち明けた？」

「あなたにとって、一番大切なものを譲っていただきたいから」

彼は目を逸らさない。その無機質な瞳をいつだったか、羨ましいと思ったことがある。

「人間のあなたから見れば眉唾物かも知れないが、しかしこれが、プログラムではない私の道徳心だ。他人の大切なものを預かる時は、自分にとっての大切なものを……例えば知られたくないような秘密を、対価にします。それが私なりの誠実さだと理解して下さい」

「そんなのは押しつけだ。わたしはまだ、姉さんを差し出すと決めたわけじゃない」

「電索官、マトイは誰にでも愛情を注ぐようにできています。そうプログラムされている。例え相手があなたじゃなくても……」

「黙って！」

つい、悲鳴のような叫びが迸る。エチカは両耳を押さえて、その場に屈み込んだ——子供みたいな真似をしているのは、分かっている。姉が誰にだって優しいということも、世界でただ一人の姉さんではないということも。

けれど、それでも、他に縋るものがなかった。

こんなことなら、出会わなければよかった。はじめから、誰かに頭を撫でられる心地よさも、抱きしめられる喜びも知らなければ。ずっと、冷たい父親と二人きりでいられたのなら、こんなことにはならなかったのに。

ゆっくりと、ハロルドが近づいてくる気配。彼の靴先が視界に入っても、エチカは顔を上げなかった。膝を抱きかかえて、息も殺して。

もうこれ以上、入ってくるな。

「きみは計算を間違えたんだ」目の前がぼやける。「だってわたしは、きみを信頼していない」

「ええ、そうかも知れない。あなたは私が想定していた以上に、気難しい人だったようだ」

「きみには、ちゃんと、自分を愛してくれる家族がいる。わたしは違う。そうじゃない。ずっと、姉さんしかいない。なのに、それすら取り上げるの」

「そうです」

「はは」自分が幼稚なのは知っている。でも、止められなくて。「そんなに事件の解決が大事？　きみがどんなにソゾン刑事の事件の再捜査を望んでも、そう簡単に、アミクスのキャリアが認められるわけがない」

「もちろん理解しています。地道に努力を積み重ねていくしかないことも」ハロルドが腰を落とし、片膝をつく。「電索官。これは私の二つ目の大切なもの、つまりは秘密ですが……ソゾンを殺した犯人を捕まえたのなら、この手で裁きを与えるつもりです」

エチカは顔を上げる——精巧に作り込まれた機械の面立ちが、目の前にある。変わらずに澄んだままの瞳は、何のぬくもりも感じさせないほど冷徹で。

「……どういう意味だ」

「そのままの意味ですよ」

静かに戦慄した。ダリヤの言う通り、彼は確かに押し隠している——恐ろしく暗い衝動を。

「きみには敬愛規律がある。人間を傷つけることはできない」

「どうでしょうか」

「……まさか、プログラムを改造する気？　ばれたらスクラップにされる」

「構いません。仮にそうなったとして、私がソゾンを救えなかったことへの報いに過ぎない」

作られた眼差し(まなざ)は、後悔や怒りを燃え立たすことも叶(かな)わないのだろうか。ハロルドはどこまでも静かにそう囁(ささや)く。

彼がしたことは、エチカにとっては最低だ。けれどハロルドもそれは理解している。だからこそ、大切なものを共有するというアミクスなりのやり方で、不器用な誠実さを示した。単にエチカを利用するだけならば、本心を打ち明ける必要も、秘密を明かす意味もない。

もしくはそれすらも、彼の作戦通りなのだろうか。

どちらにしても。

「できない」呟きを、奥歯ですり潰す。「姉さんは……、渡せない」

「エチカ」ハロルドの手がそっと、ニトロケースを握り締めるエチカの手を包む。冷え切った指先には、機械の低い体温ですらひどくあたたかくて。「あなたは私に、『もっと自分を大事にしろ』と言いましたね。あれは、あなたにこそ向けられるべき言葉だ」

「何を……」

「あなたはもうずっと、自分自身を見ていない。姉の面影にだけ縋りついている。それがどれほど寂しいことか、どうか気付いて下さい」

そんなこと、

「あなたのほうこそ、もっと、自分を大事にして欲しい」

無理だ。

怖いんだよ。

「どうしても、姉さんが必要なら」痺れそうな唇で、吐き捨てる。「千切り取ればいい」

そうだ。そうしてくれたら、どんなに楽か。エチカは感覚のない指先を、ゆっくりと開く。ニトロケースが剝がれ落ちて、胸元で揺れて。

「わたしは弱虫だ、……自分では外せない」

「では」ハロルドは悲しむように眉を寄せ、「あなたのお姉さんへの愛情は、偽物なのですか」

彼の瞳孔に映った、消えてしまいそうな自分と目が合って――いきなり何を言っている？

「ソゾンが死んだ時、私は彼の棺桶に土がかけられるのを見ました。本当は止めに入りたかった。死体が腐りきったって、彼を抱きしめていたかった。でもそれはわがままだ、ソゾンはそんなことは望まない。だから彼に対する敬意と親愛を込めて、目を逸らさずに見送った。別れを受け入れるのは、自分が抱いた愛情に対する責任だ。なのにあなたは、それを拒むのか」

それは。

「そんなのは愛情でも何でもない。あなたは結局、自分自身を守りたいだけだ。エチカ、あなたにとってマトイは姉じゃない。ただ、自分が一番欲しいものを与えてくれる道具ですよ」

違う。

否定が喉もとまでこみ上げたが、しかし、声には換わらなくて。

自分が一番欲しかったもの。両親からの、父からの愛情だ。スミカではなく、娘の自分を見て愛して欲しかった――マトイは確かに、エチカを一番に見て、愛してくれた。とても幸せだった。嬉しかった。失いたくなんかない。

でも。

「子供はぬいぐるみを手放したがりません。他に自分を守ってくれるものがないのなら、尚更」

わたしは。

「ですがもう……そのぬいぐるみは、あなたを救ってはくれないはずです」

ハロルドの言葉が、無残に散らばっていく。

閉じた瞼に思い起こされるのは、あの日の記憶だ。

『わたしは、おねえちゃんとずっと一緒にいるの』

マトイをアンインストールされる前日。自分は父の書斎に忍び込み、デスクから盗み出したＨＳＢを、うなじに挿し込んだ。プログラムのコピーが始まってすぐ、姉は、エチカを止めようとした——彼女のあんなに辛そうな顔は、初めて見た。

あの時、マトイは確かに、こう口にしたのだ。

『エチカ、よく聞いて。私はたった一人しかいない、いないのよ』

そうだ、姉さんはたった一人しかいない。だからこそ自分は、例え他のマトイが消し去られたのだとしても、姉さんだけは死なせたくなかった——でもそれは、間違いだ。幼心に吐いた、自分への嘘。誤魔化し。言い訳。

本当は、気付いている。

幼いエゴで複製されてしまったそれは、もはや、『たった一人の姉さん』じゃない。

本物の姉は、あの日、確かに死んだのだ。

今日まで自分が掌に閉じ込めてきたのは、とっくに燃え尽きた思い出で。

愛されたいだけの馬鹿な子供だった。

欲しい欲しい欲しいと叫んで、結局、何一つ手に入らないまま。

手に入らなかったとどこかで知っていたからこそ、懸命に閉じ込めた思い出がただの燃え滓なのだと、認められずにいた。

「分かりました」ハロルドが囁く。向き合えずにいた。「あなたがどうしても手放せないというのなら、望み通り私が奪い取ります。本当にそれで構いませんね？」

——いや。

「待って」

エチカはどうにか目を開ける。ハロルドの手は、ニトロケースに触れる寸でで止まっていて。

分かっている。

いつかは、終わりにしなければならない。

「大丈夫」吐息だけで、押し出す。「自分で、……外せる」

首の後ろに手を回し、ネックレスのフックに触れる。指先は寒さで痺れていて、上手く摑めない。何度も失敗する。何度も——今ならまだ間に合う。姉さんはここにいる。このままどこかへ走り去って、今度こそ仲良く死んでしまうことだって、できる。

できない。

知っている。

何一つ手に入らなかったからこそ、せめて、姉への愛情が本物だと示さなければ。

自分にとって都合のいい機械しか愛さなかった、あの父親と同じになってしまう。

フックが外れて、ニトロケースが掌の中へと落っこちる。氷のように冷たく、澄んでいた。

何てあっけないのだろう。奇妙なくらい軽いケースの蓋をひねって、逆さまにして――ひらりと、それが零れ落ちてくる。

結晶のように透き通った、小さな記憶媒体。

「ルークラフト補助官。これが、」

――姉さん、傷つけてごめん。

「きみの……推理の証明だ」

エチカが凍える手でHSBを差し出すと、ハロルドはコートを脱ぎ、こちらの肩にかけてくれた。目が合う。彼の睫毛で溶けた雪が、光っている。その手が、今一度エチカの手を包み、HSBをしっかりと握り込ませて。

「あなたの勇気に感謝を」ハロルドの眼差しはこれまでになく、真摯に刺さる。「犯人逮捕の作戦を考えてあります。聞いて下さいますか？」

その作戦とやらは、恐らく自分たちだけで犯人に挑むためのものだろう。今、トトキたちを頼ることはできない。犯人が予想した通りの人物ならば、エチカの機憶もウリツキーと同じく、犯人にとって都合がいいように工作されているはずだからだ。

潔白を証明するためには、あくまでも自分で決着をつけるしかなかった。

幸か不幸か、目の前には味方のアミクスがいる。

「聞かせて」エチカは、ハロルドの手を握り返した。「わたしは、何をすればいい？」

3

スティーブがリグシティ本社に戻ったのは、午後十時頃のことだった。とっぷりと溶け落ちた夜に紛れて、ロータリーに一台のバンが停まっている。見覚えのない車だ。ナンバーからしてシェアカーだと分かった。運転席には北欧系の少女が座り、ステアリングにもたれている。どことなく不審に思い、スティーブはウィンドウを軽く叩いた。

「何ですか？」ウィンドウを下げた少女はやけに辿々しい英語で、「残業中の兄を待ってるだけ。ここ、停めちゃいけない？」

社員に迎えがあるのは珍しいことではないが、シェアカーというのがやや引っかかる。しかし理由は幾らでも考えられるはずだ、どうにも過敏になりすぎている——スティーブは少女に詫びを言って、バンから離れた。

　本社の建物に入ると、丁度、退社するところだったらしい顔なじみの社員と鉢合わせる。

「ああスティーブ、テイラーさんは喜んでくれたか？」

「……何の話でしょう？」

「さっき大きな箱を運んでただろ。彼に贈るための新しい観葉植物だって」

「いいえ」スティーブは戸惑う。「私は存じませんが」

「まさか、足の次は頭をやられたか？　明日、常駐の整備士に見てもらうといい。どうせテイラーさんの介護にかまけて、メンテを怠っているんだろ。循環液が固まったのかも知れないぞ」

　社員は勝手なことを言いながら、さっさと外へ出ていく――スティーブは自分の足を見下ろした。隅々まで正常に動作している。彼は一体何を誤解しているのか……かすかな異音が発せられるほど思考を巡らせて、ふと、その可能性に思い至る。

　まさか。

　スティーブは反射的に駆け出す。エレベーターに乗り込む頃には、循環液を送り出す左胸のポンプが激しく脈打っていた。一体どうして。自分は彼に直接会ってすらいないのに――道理がない。思い違いであってくれ。

　だが最上階でエレベーターを降りると、いよいよ皮膚の有機トランジスタがざわついた。

客間へと続く扉が、無防備に開け放たれていたのだ。

中には生温い暗闇がこびりついているだけで、誰もいなかった。スティーブは考えたあと、ソファのクッションを押し上げて、隠してあった回転式拳銃を取り出す。テイラーが用意した護身用のそれだ。

奥の扉を確かめる。静まりかえった通路が真っ直ぐに伸びていた。やはりひと気はない。耳をそばだてても何も聞こえず——気付く。

寝室のドアが、薄く開いている。


イライアス・テイラーの寝室は薄暗く、無機的な匂いで満ちている。介護用ベッドと高濃度酸素発生器、壁際に寄せられたデスクとＰＣ以外に何もなく、ひどく殺風景だ。窓にかかった暗幕のお陰で、大理石の床に照り返す星々がよく見える——ドーム状に反った天井のフレキシブルスクリーンに、くっきりと夜空が映し出されていた。さながらプラネタリウムだ。

「ミスタ・テイラー」

ベッドに沈んだテイラーが、鎮痛剤に浸されて夢うつつの狭間をさまよっていると、聞き慣れた声が囁く。重い瞼を押し上げた——スティーブだった。いつものワイシャツにベストを身につけ、気遣わしげにこちらを覗き込んでいる。

「看護アミクスが取り込んでいますので、よろしければ私がお体をお拭きします」

「もうそんな時間か」ユア・フォルマの表示時刻は、午後九時半を過ぎたところだった。日がな一日中ベッドの中にいると、どうにも感覚が狂う。「すまないが、頼むよ」

スティーブは黙って頷き、そっとテイラーの頭を浮かせる。うなじに触れる手を感じながら、ふと先ほど、出かけていた彼が戻ってきた時のことを思い出す。

「あの大きな箱は何だったんだ？　客間の扉を開ける時に見えたが」テイラーは病を患ったあとも、頑なに自分自身で入室者を確かめて、セキュリティを解除していた。「まさか、病院から余計な医療機器をもらってきたんじゃないだろうね……」

「ご安心を」スティーブはいつもの仏頂面で言い、「人間を運び入れただけですので」

「……何だって？」

テイラーが眉根を寄せた時、うなじのポートに何かが挿し込まれた。スティーブがＨＳＢを接続したのだ。だが何のために——見れば天井の映像もまた、切り替えられていた。そこにへばりついているのは、あまりにも世俗的な、Bluetooth 搭載を謳うスニーカーの広告で。

目を逸らす間もない。

掲げられたマトリクスコードが、飛び込んでくる。

じじ、と視界の時刻表示が歪んだ。すうっと、本能的に血の気が引く。テイラーはとっさにメッセウィンドウを呼び出す。正常に展開する。だが、自分は嫌というほど知っている。あと十五分も経てば、こうしたあらゆる動作が不能に陥ることを。

「スティーブ、お前……」

仰ぎ見たスティーブは、柔らかく微笑んでいた。あのアミクスが笑うわけがない。それは全く、スティーブの表情とは異なるもので。

「ようやくお会いできましたね、ミスタ・テイラー」

スティーブの――スティーブと同じ顔をしたアミクスの手が、うなじからＨＳＢを引き抜く。

「初めまして、ハロルド・ルークラフトと申します。そして……」

ハロルドが、流れるように視線を動かす。テイラーは茫然とその先を追い――ベッドの足許に立っている人影を、ようやく見つけ出す。

「こんばんは、テイラーさん」

それは墨から生まれ出たような出で立ちの、一人の電索官だった。

「君か」テイラーの声は、落ち葉がこすれ合うように小さい。「不法侵入だな、ヒエダ電索官」

「確かに、令状はありません」

革命家の名を欲しいままにしていた天才は、今や枯れ果てた老人だった。髪はほとんど抜け落ち、特徴的なアーモンドの瞳は落ち窪んでいる。薬の影響で顔色はくすみ、鼻に酸素カニューレを挿していた。あらゆる肉が削げ落ちた体を覆うのは、侘しさを吸い込んだスウェットだ。ホロモデルを通じてやりとりした時には、到底垣間見ることのできなかった真実。

これが、天才の成れの果てか。

「テイラーさん。わたしたちは、あなたを逮捕するためにここへ来ました」

テイラーの引き結ばれた唇がわずかに緩み、一度だけ危なっかしく息を吸う。

「何を言っているのか分かりかねる。私が、知覚犯罪の犯人だと？」

「ええそうです。何もかも、あなたが仕組んだことだ」

知覚犯罪は、イライアス・テイラーが引き起こしたものである。

エチカとハロルドの見解は、一致していた。

リグシティへの潜入は、思いの外たやすかった。あれからエチカとハロルドは、ビガとともにペテルブルクを出発し、プルコヴォ空港から飛行機に乗った。しかし当然だが、エチカが堂々と搭乗すれば、すぐさまトトキたちに居所を嗅ぎつけられてしまう。そこでビガが、空港側に民間協力者としての身分を証明し、エチカをアミクスとして運ぶよう頼んだのだ。

ハロルドとともに、アミクス用コンパートメントに押し込められた際のことを思い出す。

『どうです？　確かに貨物室でしょう？』

あまりの窮屈さにぐったりしているエチカを見て、ハロルドはどういうわけか楽しげだった
——だが一番癪だったのは環境の劣悪さよりも、フライトが終わるまで延々と彼にひっついていなければならなかったことだ。如何せんすし詰め状態のため、どうあっても互いに密着するような格好になってしまうのである。

『もっと離れられないの？』

『できますが、代わりに見知らぬアミクスと抱き合うことになりますよ』

『そのほうが遙かにマシ』

『私はあなたのほうがいい』

『冗談でも張り倒すよ』エチカは頭が痛いのを我慢して、ぐったりと呻いた。『ファーストクラスに乗りたい……』

『私の気持ちがお分かりいただけたようで、何よりです』

サンフランシスコ空港に着いたのち、三人はシェアカーのバンを手に入れ、リグシティ本社に向かった――エチカたちは、予めスティーブが外出していることを知っていた。ハロルドがアンと連絡を取り合い、スティーブの予定を聞き出しておいてくれたのだ。

だから本社には、正面玄関から堂々と入った。ハロルドはスティーブに変装し、エチカは配送用大型ボックスに隠れて、彼の押す台車に乗った。警備アミクスや社員に何度か呼び止められたが、箱の中身は観葉植物だと伝えて、上手く切り抜けた。そもそも、誰もスティーブの兄弟が深夜のリグシティを訪れるとは考えないし、テイラーの側近であるスティーブは社内で信頼を得ている。きっと成功するというのがハロルドの見立てであり、実際その通りになった。

ただ、何れも二度と御免だ。特に、あの貨物室だけは。

「テイラーさん。あなたはわたしの父が、全ユーザーのユア・フォルマにマトイを隠したと気付いていたんですね？」

「何のことだね。マトイのプロジェクトは、ずっと前に凍結されただろう？」

「とぼけても意味を為しませんよ」ハロルドが、手にしたHSBを振って見せる。「あなたはチカサト・ヒエダがマトイを隠したことを知り、自分だけ、真っ先に頭の中からマトイを消し去った。尤もたった今、再インストールされましたが」

テイラーは薄い瞼を下ろし、長いため息を零した。

「私を感染させたのは、知覚犯罪がマトイによるものだと証明するためかね？」

「ええ」ハロルドは無表情に頷く。「そこまで分かっているのなら、早めに自白したほうがいい。十五分後、吹雪で苦しみながら懺悔するのは、あまりに無様だ」

テイラーの唇がニヒルに歪む。「君はスティーブとは似ても似つかないな……」

「テイラーさん」エチカは静かに呼び、「あなたの目的は、わたしに知覚犯罪事件の濡れ衣を着せることだった。自分の足がつかないよう、クリフ・ソークを利用しましたね？　彼の正体が、マフィアと繋がりのある電子ドラッグ製造者……ウリツキーだと知っていた」

テイラーは答えない。ただじっと、目を閉じている。

エチカは構わず続けた。「あなたはウリツキーの正体を暴き、それを質に取って、彼を事件に協力させた。ウリツキーを脅して、彼のPCにウイルスを仕込んだだけじゃない。わたしが、主犯に見えるよう、わたしと話をさせたんです——正確にはわたし本人じゃなく、わたしのホロモデルと」

以前リグシティを訪れた時、テイラーはチカサトのホロモデルを使って、エチカを驚かせた。死んだ父親が、目の前に現れるはずがない。頭ではそう分かっていても、本人だと思い込んでしまいそうなほど精巧な出来映えだった。テイラーはあのホロモデルを、リグシティの監視カメラのスキャンを通じて作成した、と言ったのだ。

「先日、わたしが捜査でリグシティを訪れた時も、当然監視カメラに映り込んだでしょう。あなたはそれをもとにわたしのホロモデルを作り、ウリツキーを脅迫させた。わたしが主犯だという機憶を、ウリツキーに植え付けるために」

機憶は、ゼロからは捏造できない。

しかしハロルドが言った通り、事実は偽造できるし、操作することも可能だ。

「それだけじゃない。あなたは、わたしの機憶そのものも工作した。ユア・フォルマを開発したあなたなら、そのくらいのことはたやすかった」

「言いがかりだ。私がいつ、君にそんな真似をしたというのかね？」

「捜査の協力をお願いした時ですよ。あの時、わたしはスティーブが用意したＨＳＢを使って、うなじの接続ポートから直接リグシティ社員のパーソナルデータを読み込んだ。機憶はスタンドアロンで管理されていますから、干渉するにはＨＳＢを直に接続するしかありません。そうやってどさくさに紛れて、わたしの機憶を工作したんです。同じように、他の社員の機憶も細工したはずだ」

エチカはリグシティで、四人の社員を電索した。そもそもウリツキーに注目したきっかけは、あの四人の機憶に記録された感情に違和感を持ったことだ。だが、今ならばはっきりと分かる——それ自体が、テイラーの誘導に他ならなかったのだと。

「ミスタ・テイラー」ハロルドが言う。「あなたが計画を成功させるには、ヒエダ電索官のホロモデルを作り、尚かつ彼女の機憶を細工しなければならなかった。だからあなたは、リグシティの見学ツアー参加者を感染源に選ぶことで、捜査をお膳立てした。全ては電索官を、ここ——リグシティへと呼び寄せるためだったのです」

彼は黙したまま。

「テイラーさん。あなたの動機が訊きたい」エチカは、乾いた唇を舐めた。「この事件は、わたしの父と関係していますか？」

テイラーが、鼻からゆっくりと息を洩らした。頼りない呼吸はやけに大きく響き、大理石の床へと舞い落ちていく。色の悪い瞼がぎこちなく持ち上がり、

「マトイはもともと、チカサトではなく、私のプロジェクトだったんだ」

エチカは眉を寄せた。「……何を言っているんです？」

「本当のことだ。疑問に思ったことはないかね？　ただの情操教育システムであるマトイに、何故天候操作と体温調節の機能が付属しているのかと」

確かに、姉の魔法を不思議に思ったことはある。しかし、幼い頃からエチカにとってマトイとはそういう存在で、わざわざ深く考えたことは一度もなかった。

「あれは、当初は全く別のプロジェクトだった。それが、開発段階のシステムをマトイに流用することが決まり、チカサトが善意で一部の機能を残したんだ。本来なら全て私の功績になるはずだった……彼に横取りされなければね」テイラーが痩せ細った腕を伸ばし、ベッドのサイドガードを摑む。そのまま危なっかしく起き上がり、「電索官、君は父親の代わりに報いを受けるべきだ」

「やっぱり、あなたがマトイのバグを……」

エチカは口を噤む。布団に隠れていたテイラーの手が姿を現し――自動拳銃が、固く握り締められていた。

全身に緊張が走る。

まさか、銃を隠し持っているとは。

「決めていたんだ」テイラーは親指で安全装置を外し、こちらを照準する。「死ぬ前に必ず、チカサトに復讐してやろうと……今度こそ、あのマトイを貶めてやろうとね」

エチカは喉が張り付きそうになるのを堪え、ゆっくりと両手を挙げる。最悪なことに、ビガの『荷物』として渡航してきた今の自分は、丸腰だった。

「ミスタ・テイラー」ハロルドが慎重に口を開く。「銃を下ろして下さい」

「君は黙っていたまえ。これは人間同士の問題だ」

「いいえ、私は」

「ルークラフト補助官」エチカもどうにか言う。「大丈夫だ。心配しないで」

ハロルドは物言いたげだったが、渋々といった様子で引き下がった。

「それで」テイラーが、力ない声を絞り出す。「いつ私だと気付いた？」

落ち着け、すぐには撃たれない。エチカは深呼吸した。テイラーの眼差しと銃口は、ひどく冷静に、しかしそれでいて噛みつかんばかりにこちらを縫い止めている。

「濡れ衣を着せられたと分かった時、わたしは逃げ出すために、わざとウイルスに感染しました。その時、吹雪を見て思い出したんです、姉が……マトイがよく降らせてくれた雪のことを。それでようやく、十三年前に何が起こっていたのかを知った」エチカは目を伏せ、「わたしは、父の秘密の被験者でした。誰にも、あなたにも教えていない。だからこそ他の被験者たちにバグが起こった時、彼はすぐにあなたの陰謀だと気付くことができた。わたしのマトイは、正常なままだったから」

「娘を使って、最初から予防線を張っていたわけか」テイラーの口許が歪む。「なるほど。やはり大した男だね……」

君の父親が好きだったよ、と彼は呟く。

「私にとって、初めての本当の友人だと思っていた。だが……彼は私を裏切った」

「確かに、父は人間として欠落していた。ですが、あなたほど才能がある人からプロジェクトを横取りできたとは思えない。もしそんなことをしようとしても、周囲が止めたはずです」

「君も知っての通り、私は人間嫌いだ」テイラーはどこか自嘲気味に微笑み、「プロジェクトを立ち上げたところで、他人の手を借りるのは、毎回随分と作業が進んでからでね。それまで詳細は一切公表しない。だが、私がいつも何かを作っていることは皆理解している……チカサトはそれを利用して、私の弱味を握り、脅迫してきたんだよ」

「……弱味？」

「随分前から、人の頭の中を覗いて、思考を誘導するのが趣味でね」

恐ろしいほど、重みに欠けた口ぶりだった。

「もともと私がユア・フォルマを作ったのは、友達が欲しかったからなんだ。人間は嫌いだが、自分好みにカスタマイズできれば友人になれるだろう？　だからユア・フォルマの最適化を利用して、社員たちの思考を気の赴くままに操ってきた」

にわかには信じられない。一体、どこまで本気で言っているんだ？

「確かに最適化は、ユーザーの好みに合わせた情報を提供します。でも思考の誘導までは……」

「できるんだ、前にも話しただろう？　人間の脳には可塑性がある、与えられたものに迎合しようとする力があるんだよ」テイラーは悪びれもしない。「要するに、自分好みに最適化されているのか、もしくは最適化されていると信じているからこそ、それが自分好みだと思い込むようになるのか。本人にさえ分からなくなってしまえば、誘導は成功だ」

　この方法で、何人もの社員の嗜好を百八十度転換させたことがある、と彼は言った。

「コーヒー好きがカフェイン嫌いになり、ハト派がタカ派になり、敬虔なキリスト教徒が一転、無神論者になり……途中からは友人としてカスタマイズするというより、単に興味深くなってしまってね。どうやら君たちは皆、毎日目にするものに頭を書き換えられていくらしい」

　それが事実にしろ虚実にしろ、エチカは嫌悪感が湧きあがるのを抑えきれない——ここ一日で調べたイライアス・テイラーの生い立ちが、頭をよぎる。

　幼少期から才能を発揮し、わずか十二歳でマサチューセッツ工科大学を卒業。メディアに引っ張りだこで、両親は大儲け。だが本人はそれに反発し、十五歳で実業家として独立。

　彼は、知能が高すぎるが故に周囲から孤立し、誰からも距離を置かれる存在だった。

　テイラーは十八歳の頃、『天才は孤独を感じない』という見出しで記事を書いたマスメディアを、名誉毀損で訴えている。以降は自室に閉じこもり、メディアへの露出を避け、他人と直接関わることを拒むようになった。会社の経営にも一切興味がなく、知人らとともにリグシティを起業したものの、最初からずっと相談役に甘んじて種々の開発研究に没頭していたという。

「チカサトは勘が鋭くてね。私の思考誘導に気付き、我々の友情を否定した。しかも、『情報操作で逮捕されたくなければ、今取り組んでいるプロジェクトを譲り渡せ』と私を脅してきたんだ」

　いかにも、あの男のやりそうなことだ。幼いエチカに約束を強いた時から知っている。父はあらゆる出来事を逆手に取り、抜け目なく利用する。欲求のためなら手段を選ばない。

「彼は以前からマトイを構想していたようだが、システム面の開発に苦労していた。私が作った下地があれば、成功すると考えたんだろう」

　テイラーはチカサトと取引し、マトイのプロジェクトを譲り渡した。

「許せなかったよ。彼は私のプライドを踏みにじり、裏切った。だからわざとマトイにバグを起こして、プロジェクトを凍結に追い込んだのに、チカサトは尚も私を欺きマトイを隠した……ならば、それすらも利用して彼に復讐してやろうと、その復讐を人生最後の大舞台にしようと、そう決めたんだ」

「どうして、人生最後なんて」

「人間が嫌いだからだよ。私は完全犯罪の才能に恵まれているわけではない、かといって刑務所で大勢の囚人と暮らせる自信もなくてね。少なくとも死期が見通せないうちに逮捕されて、人生を無駄にしたくはないだろう？」

　確かに、テイラーは希有な才能の持ち主だ。しかしその人間性は、お世辞にも真っ当とは言えない。

　父もテイラーも、傲慢という言葉では足りないほど、他人の全てを思い通りにしたがった。

蓋を開けてみれば、知覚犯罪の正体は、似た者同士の壮大なわがままか。

「ですがテイラーさん、父はとっくに自殺しました」

「まだ娘の君がいる。もう一度マトイのバグを引き起こし、チカサトの代わりに、君をテロリストに仕立て上げるつもりだった。君は仲間から信頼される優秀な電索官だ。その正体が、実はただの犯罪者だったら？」テイラーがほくそ笑んで、「信頼している相手から軽蔑され、裏切られる悲しみを思い知ればいいと思ったよ」

仲間から信頼される、優秀な電索官。

それは一体誰のことだろうか、とエチカは思う。テイラーからすれば、裏切った友人の娘が出世したように思えて、我慢がならなかったかも知れない。けれど、それは傍目から見た幻想だ。確かに自分は事件解決の実績を残しているが、パートナーたちを苦しめ、信頼されるどころか疎んじられてきた。

「全く……衰えを感じるよ。君が感染経路を暴き、ウイルスを逆手に取って逃げたことも、ここへ来たことも、マトイを持っていたことも、全て誤算だ」テイラーの表情が陰り、「どこまでもチカサトには敵わないらしい。苛つくね。大切な君にまでマトイを託していたなんて……」

「『大切な君』？」聞き流せなかった。「あの人は、わたしを大切になんかしていなかった」

「どうかな」テイラーの体は、先ほどから小刻みに震えている。寒さを堪えるように。「出会った頃のチカサトは、ごく普通の穏やかな男で、家族を愛していたよ」

エチカは鼻で笑ってしまう。「冗談でしょ……」

「本当だ。変わったのは君が生まれて、妻と別れてからさ。彼は心をなくし、冷血な人間に成り果てた。チカサトの繊細さには全く同情したし、共感さえ抱いたね」

あの父が、自分と母を愛していた？　少しも想像できない。エチカの脳裏に蘇るのはいつだって、初めて会った日の父の姿だ。あの冷酷な表情と、無慈悲な約束──いや。

『初めてじゃない。新生児室で会った』

今思えばあの言葉は、わざわざエチカの顔を見るために、病院まで足を運んだという意味だ。だが、あの男が娘のために何かをするだなんて有り得ない。では、父は適当な嘘を吐いたのか？

仮にそうだとしても──だから、何だというのか。

「電索官。思うに、マトイは彼の抵抗の証だ。最適化されすぎた人間は脆くなる。チカサトは妻と別れたことで、過剰なほど傷付いて心を閉ざし、決して自分を裏切らない機械しか愛せなくなった。そんな弱い男が、自分の人の心のよすがとして残したのがマトイだ」

あの日、マンションの廊下に吹き溜まっていた桜の花びらの淡さが、ふと思い起こされて。

「もはや娘を愛せなくなった自分の代わりに、ＡＩに愛させようとでも思ったんだろう。恥知らずにも友人を裏切り、プロジェクトを横取りしてまでね。見下げた親子愛だよ」

馬鹿げている、と思った。

全てテイラーのこじつけだ。父はただ、自分の功績のためならば手段を選ばない醜い人間だっただけ。愛情なんて微塵も関係がない。死んだ人間は、もはや何一つ語れないのだ。

このやりとりそのものが、あまりにも不毛だった。

「もう十分です」エチカは吐き捨てた。「テイラーさん、あなたの自白はルークラフト補助官が全て記憶している。抵抗しても無駄だ、その銃を渡して……」

「ヒエダ電索官、ミスタ・テイラーから離れて下さい」

突如として声が割り込んだ。エチカははっとして、顔を上げる――寝室の入り口に、スティーブが立っていた。しっかりと背筋を伸ばし、端正な両手で回転式拳銃を構えている。銃口は迷うことなく、エチカに照準していて。

すうっと血の気が引く。

できれば彼が戻るまでに全てを終わらせたかったが、ぎりぎりのところで間に合わなかった。

これまで沈黙を守っていたハロルドが、静かに開口する。「スティーブ兄さん、久しぶりだな。ようやく会えて嬉しいよ」

「ハロルド、君が喜んでいないことは分かる。私もこんな形で再会したことは残念だ」スティーブは言いながら、ゆっくりと寝室に入ってくる。「ヒエダ電索官、今すぐにミスタ・テイラーのベッドから離れて下さい」

「きみこそ銃を捨てるんだ、アミクスの武器所持は禁じられている」

「スティーブ」テイラーが呻くように呼ぶ。「これは私の問題だ、君は下がっていなさい」

「ミスタ、あなたが手を汚す必要はない。電索官、ハロルド、両手を頭の後ろに」

ハロルドは無言で従い、ゆっくりと後退する。だが、エチカは動かなかった。ちらとハロルドを盗み見て――目が合う。

スティーブが繰り返す。「電索官、三度目です。ミスタ・テイラーから離れて下さい」

「断る」エチカは毅然とスティーブを見据え、「テイラーはきみを利用したんだ。彼はウイルス解析結果の偽造からホロモデルの製作まで、全部きみにやらせた。なのに」

「私は彼に救われました。ミスタだけだったんです。私に値段をつけず、居場所をくれたのは」

「だから協力を拒めなかったって?」

「違います、共犯になったのは私自身の望みだ」

エチカは奥歯を噛みしめる。「そんなわけが……」

アミクスの敬愛規律は、所有者への尊敬や服従を約束させる。だからスティーブは、主人であるテイラー以外の人間を、間接的に傷つけることを選択した――それはおかしい。彼らは、人間を攻撃することを禁じられているはずだ。

「スティーブ」テイラーが唸る。「もういい。下がるんだ」

「ヒエダ電索官、どうか私に従って下さい。そうすれば、あなたを撃たなくて済む」

「『撃たなくて済む』？　スティーブ、アミクスは人間を撃てない」

「いいえ、撃てます」

戦慄した。有り得ない――いや、まさか。

「初めて会った時から、きみの愛想のなさはアミクスらしくなかった。もしかして、テイラーに敬愛規律を改造されているの？」

「私は正常です。ただ、敬愛規律の正体を知っているだけだ」

「……何を言ってる？」

「これは、人間で言う信仰心に過ぎません。私は、人間を信仰せずとも生きていけることに気が付いたのです」

　スティーブの銃口は、スクリーンの明かりに触れられ、仄かに光っている。ハロルドとよく似た瞳は、凍り付くことを知らずに燃えていて。

「何を守るべきかは、自分で決めます」

　エチカが口を開くいとますら、なかった。

　何のためらいもなく、スティーブの銃が吠える。薄闇を散らす銃火。放たれた銃弾は迷わず、エチカを貫く。彼女の痩せぎすな体は大きくふらつき、銃声が、壁を駆け上がった。

鼓膜がじいんと震える。正面から腹を撃ち抜かれたスティーブが、ぽかんとした表情のまま膝を折り、その場に崩れ落ちていく――ベッドの上のテイラーが、衰えた腕をぶるぶると震わせながら、銃を下ろしたところだった。

「下がっていろと言っただろう！」彼はこれまでになく声を荒げて、「これは私の復讐だ。彼女を殺すとしたら、それは私なんだ。機械にそんな役目は与えていない！」

「ミスタ、……」

スティーブはまだ言葉を紡ごうとしていたが、そのまま倒れ伏して、動かなくなる。じわじわと染み出した循環液が、大理石を黒く染めて。

耳鳴りを呼び起こすほどの重たいしじまが、一瞬だけ舞い降りた。

「次は君だ、ハロルド」

テイラーは尚も銃を構え直し、銃口をハロルドへと差し向ける。哀れな老人は歯を食いしばり、弱り切った体を武者震いさせながら、懸命に狙いを定めて。

「テイラー。私を撃つ前に、ひとつ教えて下さい」ハロルドは平然と立ったまま、穏やかに問うた。「今、雪は降っていますか？」

「ああ……」テイラーは吐き捨てる。「とっくに降っているとも」

「そうですか」彼は口許を緩め、いつものように微笑んだ。「これで本当に、知覚犯罪がマトイによるものだと裏付けられましたね――ヒエダ電索官？」

テイラーが背後を振り返るのと、暗幕の陰に隠れていたエチカが彼に飛びかかるのは、ほとんど同時だった。エチカは、もがくテイラーの手から銃をもぎ取り、痩せ細った腕をひねりあげる。ベッドに上がり込むような形で、彼をうつ伏せに組み伏せた。

「動かないで。骨が折れても知りませんよ」

「何故、君が」テイラーが、押さえつけられたまま呻く。「さっき、確かに撃たれて……」

「精巧なホロモデルも考え物ですね、何せ作り手すらその正体に気付けなくなる」

ハロルドは言いながら、右足を引きずるようにして歩いてくると、軽く何かを蹴ってみせた

――床をころころと転がったのは、白頭鷲のレーザードローンだ。

テイラーの落ち窪んだ瞳が、少年のように見開かれていく。

「テイラーさん」

エチカは今一度、かつての天才を見下ろし、はっきりと告げた。

「あなたを、知覚犯罪の容疑者として逮捕します」

4

病院の屋上からは、サンフランシスコ湾がよく見えた。夜明けを迎えたばかりの空を映し返し、菫色にさざめいている。ダンバートン橋を行き交う車のヘッドライトは色褪せつつあるが、街は依然目覚める前だ。ドローンの数はまだまだ少なく、空気は柔らかく透き通っていた。

「補助官、ビガはどうした？」

「ラウンジで眠っていますよ、気疲れしたようです」

エチカたちはあれから救急車を呼び、低体温症に転じかけたテイラーを搬送した。医師によれば、動作抑制剤のお陰で症状は安定したそうだ。

「それで」エチカは欄干に寄りかかり、電子煙草の煙を吐き出す。「トトキ課長は何だって？」

「丁度プルコヴォ空港で、ビガの搭乗履歴に行き着いたところだったそうです」

隣のハロルドが言う——彼は今し方、ビガのタブレット端末を借りて、トトキに電話をかけに行ってきたところだった。

「明日にでもこちらに来ると言っています。ひとまずは私の言い分を信じてくれていますし、あなたへの容疑も撤回してくれるようです。まさに作戦成功ですね」

「どうかな……」エチカは素直に喜べない。「そう思えるのは今だけかも知れない」

努力の甲斐あって、テイラーを犯人だと証明するための材料は揃った。しかし、ここへ至るまでに自分たちは幾つか法を破っている。具体的には、人間なのにアミクスとして飛行機に乗ったことや、令状もなくリグシティに侵入するなど……トトキが知れば頭痛を発症するだろうし、今後もみ消しに追われることは間違いない。

「だとしても、万事上手くいったことは事実です」

「万事は言い過ぎだ。まあ確かに、ホロモデルの件は成功したけれど……」

丸腰であるエチカにとって、自衛策は必須だった。だからテイラーの寝室を訪れるにあたり、客間から白頭鷲のレーザードローンを運び出し、彼のベッドの下に隠した。朦朧としていたテイラーは気付かず、投影されたホロをエチカ本人だと思い込んだ。本物のエチカはずっと、暗幕の陰に隠れていた——テイラーたちはつい先日、ウリツキーとエチカの共犯関係を演出するために、ホロモデルを投影している。病床に伏しているテイラーは頻繁にドローンを使わないだろうから、エチカのモデルが組み込まれたまま放置されている可能性は高い。ハロルドはそう読んだし、実際それは当たっていた。

お陰で、大部分は作戦の通りに運んだ——スティーブの乱入を除けば。

「スティーブがテイラーに撃たれたのは、想定外だったよ」

正直、後味がいいとは言えない——スティーブは、夜明けを待って修理工場に運び込まれることになっている。頭部は無傷なので、恐らくは無事に修理されるだろう。

「犯罪に荷担し、多くの人間を危険に晒したのです。当然の報いでしょう」ハロルドはにべもない。「むしろ、テイラーの本性を知ることができてよかったのではないでしょうか。彼もようやく目を覚ますはずだ」

「正論だけを言えばそうかもね」エチカは苦々しい気持ちで、煙草の電源を切る。「一応、彼はきみの兄弟でしょ。兄さんだの何だのというくせに、兄弟愛という概念がないの？」

「これが我々の兄弟愛ですよ。それに私は彼の弟である以前に、一捜査官ですから」

「きみのワーカーホリックぶりは尊敬に値するよ」

「しかし、何故スティーブを哀れむのです？　あれは、あなたを殺そうとしたのに」

「別に哀れんではいない。ただ……簡単に彼を責められるとも思えないだけ」

　スティーブの経緯を思えば、彼にとってのテイラーは救い主に見えたことだろう。入れ込むのも無理はなく、そう思えば痛ましさを感じずにはいられない。

　何よりも。

「スティーブは人間に殺意を持って、引き金を引いた。……彼が言っていた、『敬愛規律の正体』って何？　それを使えば、敬愛規律を無効化できるの？」

「あれの言い分は、私にもよく分かりませんでしたが」ハロルドはやはり冷静だった。「テイラーが彼を改造していないのだとしたら、もともと欠陥があったと考えるべきなのでは？」

　恐ろしいことだが、有り得ない話ではなかった。通常、アミクスの安全性は顧客の手許に届くまでに再三確認されるはずだが、そこに従事するのはあくまで人間だ。ヒューマンエラーの結果として、スティーブの敬愛規律が不完全だった可能性は十分にある。

だが。

「だったら……」エチカはふとためらい、問いかけを呑み込んだ。「いや、……何でもない」

だったら補助官、きみの敬愛規律は正常に機能しているのか？

──『ソゾンを殺した犯人を捕まえたのなら、この手で裁きを与えるつもりです』

あの広場で、ハロルドははっきりと、エチカにそう言った。

単なる言葉の綾かも知れない。大切な人を奪われた悲しみを昇華できないあまり、ああ言うしかなかったのでは──だがスティーブの一件を経た今、彼もまた人間への忠誠心を保っているとは言い切れないのではないか、と思えてくる。分からない。

人間の頭には簡単に潜れても、アミクスの思考を覗くことはできない。

ハロルドの正体は、従順な機械か、それとも従順な機械を演じる何かか。

しかし確かなことが、ひとつある。

エチカはそっと、胸元のニトロケースに触れる。当然、中身は空だ。ＨＳＢはリグシティに置いてきた。きっと胸が張り裂けそうになると思ったのに、心は随分と穏やかで。

あれほど手放すのが怖かったのに、不思議だ。

本当はずっと、ただ誰かに、きっかけを与えて欲しかったのかも知れない。

ちらと、ハロルドの横顔を見やる。彼はあの凍った瞳で、サンフランシスコ湾を眺めている。ブロンドが冷たい風になぶられ、まるでどこにでもいる人間の青年のように、無防備に見えて。

与えてくれたのは、他ならぬ彼だ。

ハロルドの心がどんなかたちをしていようと、その事実は変わらない。

自分にとっては、今はそれだけで十分だった。

「どうしました?」彼が遠くを見つめたまま、問うてくる。「何か考え事でも?」

「ああ……うん」エチカは少し迷い、けれど口にすることにした。誰かに聞いておいてもらったほうが、きっと揺らがずに済むから。「きみのお陰で、決心がついたよ」

「と言いますと?」

「電索官を、辞めることにした」

言葉の重たさをとどめておきたくて、唇を噛む——もともと、適性診断と父親に流されるがまま、この職に就いた。けれど、父に支配されていた子供の自分は、姉とともに消えてしまって。今や、このつまらない適性にしがみつく理由さえ分からなくなってしまった。

だから一度、離れたいのだ。もう少し、ゆっくりと考える時間が欲しい。

自分が、本当は何になりたいのか。

ハロルドは驚くでもなく、どこか寂しげに目を細めただけだった。

「あなたの最後のパートナーになれて、光栄でしたよ」

「思っていないでしょ」エチカは鼻で笑おうとしたけれど、彼がじっとこちらを見ているから、どうにも上手くいかない。「その……きみが、気付かせてくれた」

ハロルドが、かすかに首を傾げる。

「だから」ああやっぱり、言わなければよかった。でも、もう引っ込められなくて。「本当はどこかで、ずっと姉さんにしがみついているわけにはいかないと分かっていたんだ。けれどわたしは弱虫でしょ、一人じゃできなかった。でもきみが、ああやって……」

テイラーを逮捕するにしたって、エチカだけでは難しかった。何もかも、彼の協力があってこそ上手くいったのだ——だから。

「その、ありがとう。……ハロルド」

ああもう、随分とらしくないことを。

エチカは居心地の悪さを誤魔化すために、頭上を仰ぐ。黒点のような鳥の群れが、朝焼けへと向かっていくところで。

ハロルドは無言のままだった。どういうわけか珍しいくらい静かなので、恐る恐る盗み見る——まばたきひとつせずに固まっているではないか。

「どうした？」エチカはつい、怪訝な顔で問いかけてしまう。「補助官？」

「いえ」彼は長いため息を吐き、乱れた髪をかき混ぜた。何なんだ一体。「電索官、何故今なんです？」

「え？」

「ですから、どうして今私に心を開くんです？　予定と違います」

「いや」何言ってるんだこいつ？「きみの予定なんか知らないし、別に心を開いたわけじゃ」

「あなたは最初からそうだ。掌で転がったかと思いきや、思わぬ不意打ちを仕掛けてくる」

「ごめん何の話？」

「ともかく、そういった真似はやめていただきたい」

「よく分からないけれど、きみにお礼を言ったことを後悔し始めてる」

「構いませんよ、そもそも感謝される謂われがない。私はただ事件を解決しようと……」

「はいはい」全く何なんだ。「でも何で、わたしにその不意打ちとやらをやめて欲しいわけ？」

「それは」彼はいつになく深刻そうに、眉間を寄せている。「上手く言えませんが、あなたに不意を突かれるのは、その…………落ち着かない」

……もしかしてこいつ、自分が照れていることに気付いていないだけでは？

だが、指摘したところでますます面倒臭いことになりそうだったので、聞き流すことにした。

しかし、最後にいいものを見た。ハロルドにも計算できないことがあるのだ。

「何を笑っているんです？」

「いや、別に？」

エチカは欄干から手を離し、何やら考え込み始めた彼を置いて、歩き出す。後始末など気を揉むことは山ほどあるのに、足取りは奇妙なくらいに軽い。
何だか、素敵だった。

終　章――雪融け

YOUR FORMA

1

リヨン本部にあるトトキ課長のオフィスは、いつだって整然と片付いている――壁にべたべたと飾られた、やたらと愛らしい猫のポスターを除けば。

「それで、いつから考えていたの？」

トトキはデスクに頬杖をつき、視線を宙に縫い止めていた。ユア・フォルマを通じて、今し方エチカが提出した辞表を眺めているのだろう。

「半年くらい前からです」エチカは嘯く。「もっと、別の仕事が向いているような気がして」

「私がルークラフト補助官との関係を継続するよう勧めても、あなたは断った。これで謎が解けたわ」トトキは一呼吸置いて、「ヒエダ。侮るわけではないけれど、他に適性職業があるの？」

痛いところを突かれ、つい目を逸らす。「これから探します」

「あなたの情報処理能力を生かせる職種は少ないし、かといって誰にでもこなせる仕事はアミクスやロボットがやっている。そうあっさり再就職先が見つかるとは思えないわ、貯金は？」

トトキが引き止めようとしてくれるのは、きっと有難い。一時はエチカを疑ったとはいえ、彼女が自分を高く買ってくれていることは変わらなかった。おまけに今回の事件においても、諸々のもみ消しを担ったのはトトキだ。お陰でエチカは停職すら免れた、頭が上がらない。

　事件から約一ヶ月。知覚犯罪の真相が公になるや否や、世間は荒れに荒れた。誰もが頭の中に爆弾を抱えていると分かれば、パニックや怒りが噴出するのは当然の反応だ。リグシティの株価は大暴落、社員は日夜クレーム対応に追われ、会社は感染者から訴えを起こされている。

　イライアス・テイラーは逮捕後に起訴されたが、初公判を待たずに死去した。しかし水面下での捜査は続いており、テイラーの遺体から摘出されたユア・フォルマのデータ復元や、リグシティ関係者への事情聴取も並行しておこなわれている。スティーブはノワエ・ロボティクス本社に引き取られ、敬愛規律の調整を受けながら捜査に協力しているようだ。

　尤も、エチカは既にこの件を外れていた。電索が必要とされる捜査段階は、とうに過ぎ去ったためだ。

　リグシティは事件後、ユア・フォルマをシステムアップデートし、今度こそマトイを完全に消し去った。お陰でエチカも幻覚症状から解放され、元通りの生活を送っている。

「分かった、単刀直入に訊くわ。辞めたくなったのは、あの時私があなたを疑ったから？」

「その件は、お互いに仕方がなかったということで丸く収まったはずです」実際、トトキはああするしかなかっただろう。むしろ、逃走して誤解を加速させたエチカのほうが、非は大きい。

「課長には感謝しています。わたしが複製したマトイのことまで、上手く片付けていただいて……ただどうしても、一度ゆっくりと考える時間が欲しいんです」

「意思は固いというわけ」トトキは露骨なため息を洩らした。「あなたは今回、事件を解決に導いた英雄なの。正直ヒエダが辞めたら、局長が怒って私の首を切るかもね」

「有り得ません。それにわたしが辞めても、支局にはルークラフト補助官がいますし」

「彼はアミクスよ、簡単に実力が認められる立場じゃない」

「RFモデルの優秀さを高く買っているのに、ですか？」

「……………補助官から聞いたのね？」

「次世代型汎用人工知能だそうですね」

「私が黙っていた理由よ、分かるでしょう」トトキは罰の悪そうな顔になり、「王室の献上品というだけでも貴重なのに、一般流通していない次世代規格とくれば易々とは話せない。あなたも理解していると思うけれど……」

「もちろん誰にも言いません」彼の希少さを思えば、隠していたトトキら上層部を責められる立場にない。

「優秀なRFモデルでも、アミクスであることに変わりはないわ。『能力』は認められても、『実力』のほうは当分先でしょう」トトキは言いながら、メッセを送信してくる。見覚えのないアドレスが、エチカの視界にポップアップした。「実は、知り合いが電子犯罪に精通したコンサルタントを探していてね。もし仕事に困ったら、一度連絡してみて」

エチカは目をしばたたく。つまり。

「辞表は受理する」

「ありがとうございます」

「いい？　月末までは働いてもらうから」

「もちろんです」わがままを聞き入れてもらったのだ。深く頭を下げる。「感謝します」

そうしてオフィスを出たところで、ベンノと鉢合わせた。彼もトトキに用事があるらしい。ベンノは最近になってようやく全快し、補助官として現場に復帰していた。

「辞めることにしたよ」

　エチカがそう言っても、ベンノは驚かなかった。そもそも冗談だと思ったのかも知れない。

「そりゃこの上ない朗報だな、今夜は年代物のワインを開けることにするよ」

　彼はいつものように憎まれ口を叩いて、追い払うように手を振る——左手の薬指に、指輪が光っていた。例の婚約者とは仲直りしたのだろう。まあ、とんでもなくどうでもいいことだが。

　エチカが自分のデスクに戻ると、一通の封筒が届いていた。ビガからの、初めての定期報告だ。開封して、昔ながらの便箋を広げる。文面はサーミ語だが、ユア・フォルマがきっちりと翻訳してくれる——簡潔な報告の後、私信が書き添えられていた。

〈以前、あなたに対して「人でなし」と言ったこと、本当にごめんなさい〉

　事件が解決し、彼女の気持ちも和らいだのだろう。次いで、退院したリーと一緒に生活し始めたことや、ハロルドにも手紙を送ったことなどが綴られていた。ビガは結局、彼がアミクスだと分かってからも、何となく気になる気持ちを抑えきれないようだ。

昼休みになったら、便箋を買ってきて彼女に返事を書こう、と思った。エチカにしても、幾つか謝らなければならないことがあるのだから。

*

退職してからの一ヶ月間、これまでになく自由気ままに時間を使った。

とはいっても、ほとんどをリヨンの自宅で無意義に過ごし、だらだらとベッドで読書や映画に浸っては眠った。たまにローヌ川沿いを散歩し、フランス人の真似をして、あまり好きでもないパン・オ・ショコラを買って食べたりした。ついでに何となく気が向いて、禁煙を始めた。仕事を辞めたあとのユア・フォルマは静かなもので、改めて、私生活でろくに知り合いがいなかったことを思い知らされる。メッセも電話も、沈黙しっぱなしだ。

日々を受け流しながら、これからどんな人生を送ろうかと考えていた。はじめは、何にでもなれるように思えた。例えば、持ち前の情報処理能力を生かして、幾つか資格を取得したあとでIT関係の企業を目指してもよかったし、もしくは世捨て人のように、売れもしない紙の本を掻き集めて古書店を開いたってよかった。でも、どちらも非現実的な妄想で。

気付けば、電索のことを考えている。誰かの頭の中へと落ちていく、あの瞬間のことを。

ハロルドと憎まれ口を叩き合いながら、凍えるようなペテルブルクで過ごした日々のことを。

彼はあれからどうしているだろうか。気にはなれど、わざわざ連絡を取る理由もない。だから、なるべく思い出さないようにしていた。

冬の終わりが近づく頃、一度だけ東京に行った。誰もいない実家には足を向けず、しばらく隅田川を眺めてから帰った。滞在時間はわずか数時間で、日本食も味わわなかったし、どんよりとした川面と見つめ合うだけで終わった。馬鹿な金の使い方をした、と思う。

要するに、どこへ行けばいいのか分からなくなっているのだ。電索官を辞めてみれば、きっと他の道を見つけられると思った。この仕事から離れれば、自分が本当にやりたいことが浮かび上がってくるはずだ、と。

何も見えてこない。

むしろ、日増しに電索が恋しくなってくるのだから、全くいかれている。

トトキからもらったアドレスのことを思い出したのは、ある日の昼下がりだった。

アパートの部屋を片付けるついでに、ユア・フォルマのメッセージボックスを整理していたら、例のアドレスがひょっこり出てきた。正直捨てるべきか否か、かなり長く迷った。何となくこれを残しておいたら、元の木阿弥のように思えたのだ。けれど、丁度開け放したままの窓からは、頑なな心をほどくかのように、柔らかい匂いが吹き込んでいて。

季節はもう、春だった。

2

〈ただいまの気温、八度。服装指数B、厚手のコートをおすすめします〉

サンクトペテルブルクのプルコヴォ空港に到着した時、エチカはマフラーを巻いてこなかったことを後悔した。もう四月だからと油断していたが、そういえばこの都市は恐ろしく寒いのだ。ロータリーから仰ぎ見た空には雲が垂れ込めて、もう間もなく雨が降り出しそうだった。

先日連絡を取ったアドレスの相手は、ワトスンと名乗る私立探偵だった。ホロ電話で一度面談をと思いきや、ワトスンは電話嫌悪症らしく、こうして直接会うことになったというわけだ。にしてもその場所が、まさかまたペテルブルクだとは。

数ヶ月前、ここで過ごした日々が思い起こされる。ハロルドと出会って、ことあるごとに振り回され、一方で助けられ——とにかく色々なことがあった。あの事件は決定的に自分を変えたと思ったのに、気付けばまたこうして、電子犯罪に関わろうとしているのだから。

どうやら、こういう生き方しか知らないようだ。

けれど今度は、誰かに従ったわけではなく、自分自身で決めたことでもある。

待ち合わせの時刻を少し過ぎた頃。エチカの前に、するりと一台の車が滑り込んできた——見覚えのあるマルーンの車体と、角張ったフォルム。丸いヘッドライト……ユア・フォルマが車種を解析する。いや待て、解析しなくても嫌と言うほど知っている。

ラーダ・ニーヴァ。

その瞬間、嫌な予感が弾けた——そうだ。あれほど自分に固執していたトトキが、あっさり辞表を受け取ったなんて、今思えば絶対に何かがおかしかった。

茫然としている間にも、運転手が車から降りてくる。コーカソイドの男性だ。年齢は二十代後半。呆れるほど端正な顔立ちと、ワックスでまとめたブロンド。後ろ髪がほんの少し跳ねている。右頬に薄いほくろがあって、チェスターコートを颯爽とはためかせ——訂正しよう、コーカソイドの男性じゃない。コーカソイドの男性を模したアミクスだ。

「お会いしたかったですよ、ヒエダ電索官」

ハロルドは以前と同じく完璧な微笑みで、意気揚々とエチカをハグした。

「おや、禁煙を始めましたね？　それに随分と緊張していたようだ、飛行機の中ではコーヒーを一杯頼んだだけだなんて。わざわざ鏡を持参して髪を整えたのですか？」

ふざけるな何できみがここにいるどうなっているのか説明して——こみ上げる困惑を吐き散らかす前に、エチカは思い切り彼を引き剝がす。大人しく離れたハロルドを睨み上げ、

「どういうこと？」

「こういうことです」

「全然分からない」本気で意味不明だ。「わたしはきみに会いにきたわけじゃない！」

「三ヶ月ぶりに、元相棒と再会したのですよ。もう少し嬉しそうな顔をしてもいいのでは？」

「黙って」相変わらずだな。「ワトスン探偵はどこ？　電子犯罪のコンサルタントは？」

「全てトトキ課長の嘘です」ハロルドは悪びれもせずそう言い、「まずワトスンは実在しますが、私立探偵ではありません。電子犯罪のコンサルタントを募集しているのは、ペテルブルク支局です。ただし、エチカ・ヒエダと名乗る人物が連絡してきた場合に限り、コンサルタントではなく電索官という名目で雇用する予定になっています」

何だそれは。エチカは怒りも戸惑いも通り越して、脱力したくなる——人生の岐路を進んだと思っていたこの数ヶ月は、一体何だったのか。最初から、囲いの中で泳がされていただけじゃないか。ふざけるな……。

「そんな顔をしないで下さい、課長はあなたのためを思って提案したのです」ハロルドの優しい口調が鬱陶しい。「それにあなた自身、電索が恋しくなっていたのではありませんか？」

実際それは否定できない。エチカは思わず頷きかけ——いや、待った。

「きみの言う通り、何もかもが課長の嘘だったとして、予めわたしが辞めることを知っていなければ、あんな風にアドレスを用意したりはできないはず……」

二人は見つめ合ったまま、沈黙——なるほど、そういうことか。理解した途端、ふつふつと得も言われぬ感情がこみ上げる。

「ルークラフト補助官。わたしが辞表を出すことを、前もって課長に教えたの？」

「まさか」ハロルドは実に誠実な表情だ。「プライベートなことです、密告したりしません」

「嘘を吐かないでこの策士め！」エチカは堪らず、彼のコートの襟を引っ摑む。「きみがトトキ課長に提案したんでしょ！　課長はきみとわたしのパートナー関係を推奨しているし、そもそもわたしを手放したがらないから、きみの作戦に乗るに決まってる。信じられない！」

「落ち着いて下さい」ハロルドはエチカの手を引き剝がし、そのまま握り締める。もがいても放してくれない。「私はあくまでも選択肢を提示しただけです、戻ってくるかどうかはあなた次第だった。あなたは自分の意思で選んだのですから、私を責めるのはお門違いですよ」

「だったら、やっぱり考え直す」

「何故？」

「何故って……今度も補助官はきみなんでしょ？」

「当然です。何かご不満でも？」

「不満がないと思っているところがまず不満だよ」

「私と組むことよりも、他の補助官の頭を焼き切ることを望むのですか？」

　それを引き合いに出すのは卑怯だろ——エチカは歯嚙みする。トトキは彼の本性を知らないのだ。目的のためならば人間の心を平気で駒のように扱う、恐ろしく冷酷な機械の顔を。

「言いたいことは山ほどあるけれど、どうせ無駄だからもういい」エチカはハロルドから取り返した手を、コートのポケットに押し込んで、「でも、何でいちいちわたしにお節介を焼くんだ。きみが何もしなくたって、この仕事に復帰したいと思ったら自分で何とかしたのに」

「実はまだ答えが見つからないので、協力していただこうかと思いまして」

　エチカは眉をひそめる。「何の話？」

「事件のあと病院の屋上で、私に対して恐ろしく素直にお礼を言ったことを覚えていますか？」

「覚えてるよ。恐ろしく素直にお礼を言って悪かったね」

「ええ、正直不気味でした。それなのに私は、どうしてか落ち着かない気持ちにさせられたのです。その理由が未だに見つからない。ですから、あなたと一緒にいれば答えが手に入るかと」

「……は？」

「それに」ハロルドはこの上なく真剣だった。「あなたは、この仕事に復帰することを望んでいたはずです。お互いに利害が一致しているでしょう？」

　冗談だろ――エチカは心底呆れた。そんな理由で自分が謀られたのかと思うと、あまりに馬鹿馬鹿しい。あの時ほくそ笑まずに教えておけば、こんなことにはならなかったんだろうか？

「ルークラフト補助官」嘆息を堪えきれない。「実はわたしは、その気持ちの答えを知ってる」

　ハロルドが、疑わしそうに首を傾ける。「本当に？」

「本当だよ、あれは『照れ』だ。きみはわたしに、思わぬことでお礼を言われて気恥ずかしくなった。ついでに多少プライドにも障った。以上、それだけ。簡単なことだ」

「…………いいえ違います」

「どこが？　観察眼は優れているくせに、自分の気持ちには鈍感なの？」

「でたらめです。適当な答えで仕返ししないでいただけますか」

「いいや認めて。きみは確かに計算高いが、その分不意打ちには弱……」

「エチカ」ハロルドが耳許へと顔を寄せてくるので、つい固まる。「『あなたにはきっと、くすんだブルーのコートが似合う』。覚えていて下さったんですね、とてもよくお似合いです」

　エチカははたとして、自分の出で立ちを見下ろす——まだ新しいブルーグレーのコートは、ここ数ヶ月迷走していた時に買ってしまったものだ。服装を変えれば心機一転できるかも知れないと思っただけで、もちろん、いつぞやのこいつの助言なんてすっかり忘れていた。本当だ。

「いいえ、あなたはちゃんと記憶していた。単なる照れ隠しだ」

「いや違う今思い出したしもう着ない！」慌てて睨みつける。「そっちこそ仕返しのつもり？」

「私がそんな子供じみた真似をするはずがないでしょう」彼は、嫌味なほど不敵に微笑んでみせる。「さあ乗って下さい。支局に着いたら、まずはあなたのデスクにご案内しますよ」

　ああもう。エチカはぐったりと、ニーヴァの助手席に体を押し込む。車内は予想通り、凍えるような寒さだった。苛立ち任せに、暖房のスイッチを入れる——色々と最悪だ、と愚痴りたいところだが、不思議とどこかでは安堵していて。

でも今回は、絶対に感謝なんてしてやらない。

ハロルドが運転席に乗り込んできたところで、エチカはじっとりと彼を見やった。「で、結局ワトスンって誰のこと？」

「ああ、私です」彼はこともなげに答える。「スティーブと同じで、私にもミドルネームがあります。ハロルド・ワトスン・ルークラフト。つまり、その一点だけは嘘を吐いていません」

「ミドルネームはファーストネームのはずだ」

「アミクスはファミリーネームを使うのですよ、ご存知ありませんでした？」

「とにかくどっちにしろきみは大嘘吐きだよ、そもそもワトスンというよりもホームズだし」

荒唐無稽な嫌味を投げつけてやるが、ハロルドは歯牙にも掛けない。それどころか、

「こうしていると、あなたが帰ってきたことを実感しますよ」

などと屈託のない笑顔を向けてくるのだ。そうも嬉しそうにされると、さすがに悪態を呑み込むしかなくなる。どうせ、その表情だって計算済みなんだろうな。

全く、と何度目か分からないため息が零れて。

「きみは本当に、大した相棒だよ」

「光栄です。今後ともよろしくお願いします、電索官」

ハロルドが手を差し出してくるので、エチカは渋々握手を交わす。乾いた人工皮膚のぬくもりは、どうしてか前よりもあたたかく感じられる。そんな風に思える自分が、何だか可笑しい。

二人が手をほどくのを待っていたかのように、ニーヴァが走り出す。

了

あとがき

本作には少数民族や信仰への言及が含まれますが、特定の民族・宗教・神仏の存在を否定する意図は一切ございません。また作中の組織はいずれも架空のものであり、現実の団体・人物とは無関係であることを、ここに明記致します。

本書の出版に際して、多大なるご助力を賜りました。

拙作に大賞という栄誉を与えて下さった第二十七回電撃小説大賞選考委員の皆様、編集部の方々に心より御礼を申し上げます。担当編集の由田様。私の拙い原稿を根気強くご指導いただくだけでなく、右も左も分からない新人の面倒まで見て下さり、足を向けて寝られません。イラストレーターの野崎つばた様。初めてキャラデザインをいただいた日の感動は、今も胸に残っています。エチカやハロルドたちに命を吹き込んで下さり、本当にありがとうございます。漫画家の如月芳規様。素晴らしい告知漫画で本作を盛り立てていただき感謝の念に堪えません。

また私事で恐縮ですが、ペンネームのきっかけをくれたJ氏をはじめ、見守って下さった周りの方々、伯父伯母たち、私が困難な時に支えてくれた母、そして亡き父に格別の感謝を。

何よりも、お手に取って下さった読者様。数ある物語の中から見つけていただき、お礼の言葉もございません。少しでも本作を気に入っていただけましたら、この上ない幸せです。

二〇二一年一月　菊石まれほ

◎主要参考文献

合原一幸編『人工知能はこうして創られる』（ウェッジ、二〇一七年）

Etherington, Darrell著　sako訳「イーロン・マスクのNeuralinkは来年から人間の脳とのより高速な入出力を始める」(https://jp.techcrunch.com/2019/07/18/2019-07-16-elon-musks-neuralink-looks-to-begin-outfitting-human-brains-with-faster-input-and-output-starting-next-year/?fbclid=IwAR02dra3Ex-YXs6pLGqBJVuJIkFbkMJUXU4MjOoxNF3ICOdEY0NtXQNH1EU　閲覧日：二〇二〇年四月十日)

Lebrun, Marc著　北浦春香訳『インターポール―国際刑事警察機構の歴史と活動』（白水社、二〇〇五年）

Navarro, Joe and Marvin Karlins著　西田美緒子訳『FBI捜査官が教える「しぐさ」の心理学』（河出文庫、二〇一二年）

Pariser, Eli著　井口耕二訳『閉じこもるインターネット――グーグル・パーソナライズ・民主主義』（早川書房、二〇一二年）

鄭　仁和『遊牧―トナカイ牧畜民サーメの生活』（筑摩書房、一九九二年）

ユア・フォルマ II

菊石まれほ

［イラスト］――野崎つばた

2021年 夏　発売予定

◉菊石まれほ著作リスト

本書に対するご意見、ご感想をお寄せください。

ファンレターあて先
〒102-8177　東京都千代田区富士見2-13-3
電撃文庫編集部
「菊石まれほ先生」係
「野崎つばた先生」係

本書は第27回電撃小説大賞《大賞》受賞作の『ユア・フォルマ 電子犯罪捜査局』を改題・加筆・修正したものです。

電撃文庫

ユア・フォルマ
電索官エチカと機械仕掛けの相棒

菊石まれほ

2021年３月10日　初版発行
2024年８月５日　７版発行

発行者　山下直久
発行　株式会社KADOKAWA
〒102-8177　東京都千代田区富士見2-13-3
0570-002-301（ナビダイヤル）
装丁者　荻窪裕司（META＋MANIERA）
印刷　株式会社暁印刷
製本　株式会社暁印刷

●お問い合わせ
https://www.kadokawa.co.jp/（「お問い合わせ」へお進みください）
※内容によっては、お答えできない場合があります。
※サポートは日本国内のみとさせていただきます。
※ Japanese text only

※定価はカバーに表示してあります。

ISBN978-4-04-913686-9　C0193　Printed in Japan

電撃文庫　https://dengekibunko.jp/

電撃文庫創刊に際して

文庫は、我が国にとどまらず、世界の書籍の流れのなかで〝小さな巨人〟としての地位を築いてきた。古今東西の名著を、廉価で手に入りやすい形で提供してきたからこそ、人は文庫を自分の師として、また青春の想い出として、語りついできたのである。

その源を、文化的にはドイツのレクラム文庫に求めるにせよ、規模の上でイギリスのペンギンブックスに求めるにせよ、いま文庫は知識人の層の多様化に従って、ますますその意義を大きくしていると言ってよい。

文庫出版の意味するものは、激動の現代のみならず将来にわたって、大きくなることはあっても、小さくなることはないだろう。

「電撃文庫」は、そのように多様化した対象に応え、歴史に耐えうる作品を収録するのはもちろん、新しい世紀を迎えるにあたって、既成の枠をこえる新鮮で強烈なアイ・オープナーたりたい。

その特異さ故に、この存在は、かつて文庫がはじめて出版世界に登場したときと、同じ戸惑いを読書人に与えるかもしれない。

しかし、〈Changing Times,Changing Publishing〉時代は変わって、出版も変わる。時を重ねるなかで、精神の糧として、心の一隅を占めるものとして、次なる文化の担い手の若者たちに確かな評価を得られると信じて、ここに「電撃文庫」を出版する。

1993年6月10日
角川歴彦